フィギュール彩 ⑥⑨

YOU CAN'T BEAT
THE EXPERIENCE OF WARS
WRITTEN IN LITERATURE
KEN SHINDO

体感する戦争文学

新藤 謙

目次

＊引用中に適宜ルビを補足した。意味を補足した場合は〔 〕を用いた。

第一章　戦争と少年——妹尾河童『少年Ｈ』をめぐって

妹尾の家族

舞台美術家妹尾河童（せのおかっぱ）の『少年Ｈ』を私は、一個の自伝的小説として読んだ。この作品の記録性については山中恒（ひさし）の批判もあるが、私は、戦時下の少年の生活記録、成長記録をもとにした創作として白眉の作品だと思う。

白眉であるのは、当時の少年の感情生活、精神生活の平均水準をはるかに超えているからにほかならない。

一九三〇年生まれのＨは、軍国主義日本とともに成長していった。それは軍国少年として育つことを意味していた。「満州事変」頃から日本の軍国主義化は徐々に進行し、日中戦争によって一段と加速し、対米英戦争に至って、少年少女もまた、小戦闘員と目されることになる。天皇のため、大日本帝国のため、生命を捨てて悔いない人間になることが、子どもを含めた日本臣民の道徳、責任と義務とされたのである。大人にはそれぞれ生活者としての立場があり、大筋で国策を認めても、兵役から仕事の万端にわたって、国家の強制や要請には従えない感情があり、こうした暮らしの内実が、面従腹背の姿勢を余儀なくさせた。

比較して子どもたちは、年齢や生活環境、資質によっていくらかのちがいはあったが、おおよそは本音と建て前のへだたりは少なかった。ほとんどが純一の建前に従うか、またはそれに近い子どもたちであった。

そのなかでHはちがっていた。異質といってもいい。彼はかたくなな軍国少年ではなかった。熱心な戦争賛美者でもなかった。国家的基準での誠実至上主義者でもなかった。もちろん反戦、反軍国主義、反国家といえるほどの考えも感情もなかったが、それらの萌芽といえるものは育ちつつあった。そこが異色とされるところである。

その由来は何であったろうか。一概にはいえない。生来の資質ということも大きいが、家庭環境、生活環境もHの精神形成に大きく深い影響を与えた。

Hは国際都市神戸に生まれた。父は洋服屋、母はことごとに愛を説く熱心なキリスト者で、父も感化され入信した。母の伝道熱は尋常ではなく、Hがいやがるのに、タンバリンを叩きながら讃美歌を歌い街頭伝道にはげんだ。Hも日曜礼拝には従い、学校でのあだ名は「アーメンの子」であった。「受けるよりも与えよ」――これが母の信条で、彼女は日々それに忠実、信条に背くことはなかった。ただHには母の愛の強制は押しつけがましく窮屈なものに思えた。『天路遍歴』の絵本以外、少年倶楽部や漫画を読むことを禁じたのもその一例で、「常に喜べ、たえず祈れ、すべてに感謝せよ」(「テサロニア前書」)のモットーにはうんざり気味であった。その点、鶴見俊輔の母と共通はしていたが、後者ほど強圧でなかったのは、一つには上層階級と庶民階級のちがいであろう。

父も入信はしていたが母ほどには熱中せず日々の行動原理がそれに基づくということはなかった。穏かで多弁でこそなかったが、Hの質問には情理ある答えをした。リベラルな庶民であり、国策に呼応して皇国史観風の言辞を弄(ろう)しなかった。Hを「あんた」と呼んだことにも、その人柄がよく現われている。客に外国人がいたことも、偏狭で攻撃的な国粋主義を退ける一因となったろう。食事にナイフとフォークを使うという暮らしからは、排外主義は育ちにくい。いずれにしても、私など貧しい田舎の子どもたちに比べ、恵まれた家庭環境にあった。

そういう家庭環境に育ったせいか、Hがなじんだのは音楽好きな近所のうどん屋で働く青年とか、「オトコ姉ちゃん」とあだ名された、なよなよとした映写技師などであった。音楽好きの「うどん屋の兄チャン」は、音盤をかけ藤原義江の歌をHに聴かせてくれた。家には風呂に行くとウソをつき通した。こうしたことにはHは抜け目がなかった。レコードは赤ラベルだったのでHは彼を「赤盤の兄チャン」と呼んだが、彼は怒ってそう呼ぶことを禁じた。彼が「赤」の容疑者として警察に捕ったのは、それから間もなくであった。

Hには政治や思想のことなど皆目判るわけはなかったが、「仲間に密告されたらしいなあ」という父の言葉に、「自分の心臓の鼓動が大きくなり息苦しくなるのを感じた。」こうした経験は初めてで、世の中の複雑さ、得体の知れぬ姿をおぼろげに感じとったのではないだろうか。

Hは映画が好きだったが、小学生が映画館に行くことは禁じられていた。両親も許さなかった。が、近所の豆腐屋の悪知恵で、映画館に入ることに成功した。そこの映写技師がいつも「オトコ姉ちゃん」で通っている青年だった。日中戦争が始まった年で、「オトコ姉ちゃん」にも召集令状がきて彼は出征した。が、彼は軍隊へは行かず逃亡した。警察や憲兵が行方を探したが判らなかった。ある日、Hは廃屋になっているガソリンスタンドの便所で、首を吊って死んでいる「オトコ姉ちゃん」を見つけた。

出征の日、泣き叫んだ彼の母の姿とともに、この事件はHの胸に影を落とした。心のわだかまりともいえるし、大人なら不条理感というだろう。Hは兵役を拒否した彼を憎むことも、蔑み、軽んじることもしなかった。「赤盤の兄チャン」といい、「オトコ姉ちゃん」といい、Hが好きな人間であっただけに、官憲や世間の評価をそのまま受け容れることはなかった。

当時の日本人は中国人やコリアンを「チャンコロ」「センジン」といって差別軽蔑していた。私ども少年も例外ではなかった。したがって、「支那」をこらしめるのは正義であり、在日コリアンが古物屋のような仕事で貧しい暮らしをしていることを不思議とも思わなかった。

ところがセノオ家の人々には彼らへの差別感がなかった。父の客には中国人もおり、一家は国籍のちがいで差別することをしなかった。Hは父の客のなかの一人、支那料理のコック陳さんが好きで、「『ぼく陳さんを、チャンコロと思うてないよ。ぼくは、在郷軍人のオッチャンなんかが、〝チャンコロ〟というてるのに腹たってるんや。そんな人より、陳さんのほうがずっと立派な人やと、ぼくは尊敬してるよ』といった」。

母は国籍を問わず愛を説き、奉仕に生きる人であったから、コリアンに部屋を貸したこともある。そのことでセノオ家をうさんくさい眼で見る人もいたが、誰も意に介さなかった。

Hにとって何よりも心強く、またよき相談相手になったのは父で、その判断は世間の常識を超えて正しく物事の本質をつかんでいた。一九三八年の神戸大水害の時も、Hをはじめ、みんなは自然災害と考えたが、父はそうではなく、六甲山を切り崩してやたらに住宅地にしたための人災だとHに教えた。

こうした次第で、Hも当時の少年たちの常識にそのまま従うことはなかった。疑問な点があれば、それを実地に当って解こうとした。友人は「お前は何でも知りたがり屋やからなあ」といったが、疑問を抱くということは物事の本質を知るために不可欠なことで、疑問の少ない人間は、事実をそのまま受け容れていることで、いつも現実を超えられない。

当時、小学校には奉安殿（ほうあんでん）という、天皇、皇后の写真と教育勅語を納めた場所があり、生徒たちは登下校の際、必ずそれに最敬礼しなければならなかった。紀元節や天皇誕生日などの式典では生徒は首を垂れ、校長の教育勅語奉読を聴いた。多くの生徒たちには苦痛の時間であり、Hもそうであった。Hは奉安殿をのぞくことこそできなかったが、教育勅語奉読の際、そっと首をあげて天皇、皇后の写真を見ることはできた。校長はうやうやしく礼拝しているが、普通の肖像写真で、別に神々しさはなかった。

天皇は「現人神（あらひとがみ）」と呼ばれていたが、神社に祀られている神や、キリスト教の神とのちがいがHには判らなかった。父の答えも日本のさまざまな神の一人と、皇国史観とはちがっていたが、母だけは「天皇陛下は神様やないよ。神様は天にまします我等の父ただ一人です。聖書にもちゃんと書いてあるやないの！」と明快この上なかった。

実際、日本人は超越者としての神をイメージすることには馴れておらず、まして少年が、キリスト教的観念で「現人神」を理解することは困難であった。ただHが乱暴な神として知られる素戔嗚尊（すさのおのみこと）を好きだったことは、反抗心の強かったせいだと思う。不敬罪という言葉も知っていたというから、知識欲はかなりのものがあった。

「天皇陛下というても、ご飯も食べるしウンコもする。普通の人間と同じや」といって警察に捕った人が近くに住んでいたから、「天皇陛下」には気を付けねば、と感じたという。

子どもは天皇陛下の赤子だといくら大人がいっても、両親の他に親を想定することはむずかしい。観念として納得するしかないが、納得するだけの観念操作が子どもにはできなかった。とにかく日中戦争と呼応した天皇至上主義がHには怖くてならなかった。奉安殿礼拝、教育勅語奉読体験を通して、子どもにも天皇への畏怖感があったことは確かである。

日独伊三国同盟についても、セノオ家は他の人々とちがっていた。第一、父がそれに反対だった。三国同盟がやがては米英を敵に向かせ、日本は窮地に立つと考えていたからである。そういう深い読みを彼は、英国人の客から示唆された。H自身、父の客のドイツ人の横柄さに腹が立ったことがあり、またドイツの侵略が次々と起こり、父の説を正しいと思った。

戦争は国と国の力のぶつかりあいであり、「聖戦」というものはないと演説し、辞職させられた斉藤隆夫代議士のことを教えてくれたのも父であった。そういうところが普通の家庭とはちがっていた。

帰国外国人が増えたり、「大日本帝国国民服令」が施行され、背広の注文が減り、家計が逼迫しつつあったことも、Hに国策には全幅従えない気持を抱かせた。家庭の鉄瓶や金物、小学校の二宮金次郎の銅像まで供出しなければならないほど、日本の鉄鋼生産は減少し、子どもにも容易ならぬ事態を感じさせた。

日本が米英に宣戦布告したのは、Hが五年生の一二月八日であった。この年から小学校は国民学校と名前が変った。子どもではなく、国民としての自覚を持て、という意味がそこには込められていた。Hの父のような、兵隊には不向きの丙種の人間にも召集令状がくるほど兵士が不足していた。そのため子どもも戦争協力の一端を担わなければならない、というのが指導者たちの考えであった。

Hの戦争観

ここでHの戦争観を見ておこう。

両親の影響、また生来の資質で、Hは好戦的な少年ではなかった。新聞は召集令状を受けた人が、「天皇陛下のために生命を捧げる時がきた」と喜んでいるように書きたてているが、召集を喜んでいる人たちを一度も見たことのないHは、それをウソだと思った。近くの小母さんも出征する青年に、「元気に帰ってくるんやで、白木の箱に入って遺骨になって帰ってきたらあかんよ」と念を押すほどであった。が、なかなかこうはっきりと自分の考えを口にする人は少なく、Hの父ですら曖昧な返答をしてHを苛立たせた。

「いつからこんなにヤヤコシイことになったんや！　男はみんな、天皇陛下のために死ぬために生まれてきたんか？　それ以外は正しくないのか？　そんなのぼくはイヤやで、どこかヘンやと思う」

と父に楯ついた。日米戦争はそれから間もなく勃発した。

まわりの友達は大和魂を持つ日本人がアメリカに負けるわけがないという理由で、戦争を望んだが、Hは大和魂だけでは戦争には勝てないと思った。高層ビルが建ち並び、軍備の充実した米国が強大国であることを知っていたからである。したがって米国とは戦争しないほうがいいと考え、日米交渉の行方に関心を抱いた。

当時の少年には信じられないような考え方で、時局を深く考えることのなかった私とのちがいは歴然としていた。

日米戦争勃発の日、Hは学校で激しい下痢便に襲われた。悪食はしないはずだったのにといぶかったが、「思い当たるのは、ラジオの臨時ニュースだった。『本八日未明、西太平洋においてアメリカ、イギリス軍と戦闘状態に入れり』というのがいけなかったのだ。」

父も同じように下痢をしたという。それほどこの親子には日米開戦の衝撃は強かったのだ。戦争は避けて欲しいというのが親子共通の願いであったから当然である。それゆえ日本の宣戦布告の理由(正当性)は弱いと、父はHにだけは洩らした。親子でこういう会話のできる家庭は稀有のことであった。

日米戦争によって官憲の思想統一は一段と強まり、言論の自由は全くない状態になった。知り合いの日本基督教団の牧師が治安維持法で逮捕されたことを、親子は暗然たる思いで聞いた。一家にとっては恐ろしい時代の到来であった。どんなことが起こるか判らない。父はそうした覚悟をHにも求めたのだろう。Hは恐怖の念でゾーッとした。

思想と信仰の弾圧に恐怖する少年がこの時期いたということも、私には驚きであった。何しろ私は、Hより二つ年上なのに、不敬罪も治安維持法も知らなかった。それだけHは、国家を感覚の上では相対化していたことになる。

こうした生活のなかで培われる実感の持つ力は大きい。

戦局が日を追って悪くなるにしたがって、政府や軍部のいっていることが事実と違うことがHには判ってくる。ある時、日本の潜水艦が米太平洋岸を砲撃したという新聞報道があった。そのことで米国やカナダが狼狽していること、米国の沿岸防衛が弱体であると記されていた。Hは「よういうよ」とつぶやいた。

「アメリカの哨戒が弱体やというなら、四月十八日に神戸に敵機がやってきたとき、焼夷弾を落とされたあとで、やっと気づいて空襲警報をならしたのは何処のだれや！　自分のことを棚にあげて何いうてんのや」

ニューヨークのビルの絵葉書をHが持っているということだけで、父は警察の取調べを受ける事件があった。この一家は外国人とつきあい、クリスチャンでもあったので、日頃から快く思わぬ人がおり、そのことも手伝ってHもスパイ扱いにされたのである。

そういう事件に遭えば誰もが、世間や国家というもののおぞましさ、まがまがしさを感じることになる。スパイ事件はHには苦い体験だったが、そのことで人の信じがたさを知ることにもなった。敵性言葉（つまりは英語）排斥というきゅうくつな事態になり、次第にHは時局や世の中に違和感を抱くようになっていった。

天皇のために死ぬなんていやだ、というのも偽りない実感であった。国民が本心からそう思っているとはとても思えなかった。同時に自分の「ヘソ曲り」をひそかに誇るところもあったに違いない。

そんなHではあったが、第二神戸中学の入学考査の口頭試問では、「大東亜戦争」が正義であり、鬼畜米英を撃滅する決意を述べた。本音ではなかったが、入試合格のためにはやむを得なかった。その面従腹背を強く責めるということはなかった。ただ面従腹背を自覚していることが、多くの少年たちとは違っていた。

敗北の連続のなかで、兵隊の全滅が「玉砕」として美化された。制空権、制海権を敵に奪われ、兵器や食料の補給もなく、といって降伏が軍人の恥として禁忌されていた日本軍隊は、最期は全滅するしかなかったのである。楠木正成の「忠誠」にちなんで、それを「楠公精神」と賛える人もいたが、「楠公を都合よく利用している」と感じる神戸の庶民もあった。Hも同感であった。

サイパン島守備隊や島民が「玉砕」した時、Hは憤激し、「東条、責任をとれ！　日本をどうするつもりや！」と叫びたくなったという。すごい少年がいたものだ、とこのくだりを読み私は感服した。同時に解せない気持ちもあり、戦後の感情整理では？　と疑うほどであった。

事態がここまで悪くなれば、本格的な本土空襲を都市住民は覚悟せざるを得なかったが、相変らず政府やメディアは「空襲なんぞ恐るべし、われに万全消火態勢あり」の一点張りであった。紳士服の注文がなく、消防署の臨時雇いになっていた父は日頃、焼夷弾は消すことは無理で、生命を守るためには逃げるに如かず、とHに教えていた。その教えが正しかったことを如実に示してくれたのが神戸大空襲であった。

ちょうど父は仕事で留守、Hは我が家に落ちた焼夷弾を消そうとして逃げる機会を失いかけたが、持ち前の知恵で、母とともに辛うじて逃げおおせた。まさに九死に一生を得た体験であった。

家を失ったHたちは教会に仮住いしたが、「主よ、敵の飛行機の爆弾から守りたまえ。日本をこの戦争に勝たせてください。アメリカやイギリスに絶対に負けないように、日本に力をお貸しください。アーメン」と祈る信者には〝然とし、「猛然と異議を唱えたかった。」

「『イエス・キリストにそんなことをお願いするのは筋違いやないか！ 世界中のクリスチャンが、自分の都合のいいことを神に祈って頼んだらどうなるんや！ キリスト教というのはそんな御利益を頼む宗教やないやろう。どうしても戦争のことを祈るんやったら、〝早く戦争が終わって平和がきますように〟しかないのと違うか！』と腹がたった。」

ここには中学入試考査の時の、「鬼畜米英撃滅」の自己欺瞞はない。米英を敵と認識はしていたはずだが、もう戦争はいや、平和が一日も早くきて欲しい、という気持のほうが強かったろう。戦火をくぐった者の実感である。

戦争末期になると中学生も工場に動員されるばかりでなく、学校自体が工場になる所もあった。神戸第二中学もそうであった。軍需品製造にかかわるので、生徒の動向には配属将校や軍人の干渉が強かった。彼らのほとんどは自分勝手で傲慢この上なかった。

特に憲兵がそうで、Hの怒りと憎しみを買った。そういう体験をするたびに、「かつて親父を警察に引っ張った私服刑事にしろ、軍服を着て威張っている憲兵にしろ、作戦をたてている大本営の参謀にしろ、Hたちを助けてくれたことも、味方だったこともなかった。／Hは、銃から剣をはずし、鞘に収めながら、『ぼくの敵は、アメリカやイギリスより日本軍や！　憲兵や！　特高警察や！』と大声で叫びたかった。」

実体験による実感で、その反骨心は壮とすべきである。同じ体験者が、すべてHのような感情を抱くとは限らない。こういうHであったから、よく殴る教師の答案を白紙で出すぐらい、格段の勇気を必要とはしなかったろう。

天皇の戦争責任

Hとはまた違った型だが、多くの少年とは異質の生徒がいた。「ホラ吹きジョー」とあだ名された藤田ジョージで、彼は米国の短波放送から得た知識を、信用できるHにはひそかに教えてくれた。ポツダム宣言も原子爆弾の実態も、Hはジョージから得た。彼は情報を分析し、冷静に戦局を判断していた。

このように戦時下の中学生といえども、すべて国家に忠実であったわけではなく、国家の流す情報を鵜呑みにしていたわけではない。Hは原子爆弾の被害が、政府情報のように防備心得ですむものかどうか、知り合いの神戸新聞の記者を訪ねて真相を知ろうと努めたほどである。単なる知識欲ではなく、物事の真実をつかみたかったのである。

物事の真実をつかむとは、物事を曖昧に処理しないこと、政府やメディアの情報をそのまま信じることなく、納得できるまで疑い、現実とつきあわせ、道理を明らかにすることを意味する。Hにとって、天皇の戦争責任の問題はその最たるものであった。
「Hは、天皇陛下に責任があると思った。〝天皇陛下のために〟が全ての合言葉だったし、天皇陛下のために戦い、『天皇陛下万歳』といって兵士は戦死したのだからだ。」

今でもそうだが、昭和天皇の戦争責任追及は禁圧状態だ。その禁圧を破った元長崎市長はそのために右翼筋から狙撃された。日本人の多くはこの問題ではだんまりをきめ込んでいる。無関心でもあり保身術でもある。昭和天皇自身も保身からそれを避けて通ろうとした。そのことがまた日本人の戦争責任を曖昧なものにしてしまったのである。その点で、昭和天皇の態度は、日本人の道徳頽廃の元凶となってしまった。

こうした状況のなかで、Hが昭和天皇の戦争責任を追及したことは特筆されていいことである。昭和天皇の戦争責任追及は、Hにとって国家の戦争責任追及と一体のものであった。「Hは、戦争が終わったことにホッとしながら、国民を騙しつづけた〝国家〟という化け物への不信感と腹立ちは消えなかった。」

天皇の戦争責任を追及するほどの少年だから、国家のそれを同時に問題にするのは当然だろう。天皇は宣戦布告をし、国民も天皇のために戦場に駆り出され生命を落としたが、そう仕向けたのは国家であり、国民の一挙手一投足を支配拘束したのは国家である。国民の行動原理を決め、子どもたちにも天皇と国家への忠誠教育をたたきこんだのも国家であった。その伝道役が教師であった。

Hはその教師たちが戦後、戦争中の自分たちの言動をどう反省したかに注目したが、まるで無頓着なことに失望し、不信感を抱いた。昨日「鬼畜米英」と叫んだ教師が、今日は何事もなかったように民主主義を説いている。彼らにとって戦争も平和も、人為を超越した自然現象にすぎなかった。その点は教師ばかりでなくほとんどの日本人がそうであったし、今もそうであるから、日本人の過去の未精算が近隣諸国民から厳しい批判を受けているのである。

その無反省は日本人の付和雷同、長い物には巻かれろ、集団帰属主義につながる。これらは日本人の奴隷根性の別称で、個人意識の欠如と稀薄、個人の自立性の尊重の伝統の無さと表裏一体である。したがって挙国一致になりやすい。みんなが同じ意見で、他人との区別がつかない。他人と違う考えの人を異端視する。Hは、長い中国生活から帰国した共産党の野坂参三帰国集会の昂奮からも、それを感じとり、恐怖を感じる。

この着眼はすばらしい。日本人のこうした挙国一致性はしばしば集団狂気に走ることは戦時だけではなく、オリンピックを頂点とするスポーツの国際試合で常態となっている。偏狭で攻撃的な排外主義、村八分根性で、根底にあるものは個性を尊重しない差別意識、非寛容である。Hがそれに恐怖心を抱いたことは、彼の直観力がいかにすぐれているかを物語る。

H少年にとって大人の世界は百鬼夜行といえるもので、彼のいら立ちは募ったのだが、母は相変らず愛の実践者で、家族が食物に不自由しているのに、物を乞うより困った人にはなけなしの食物を与えた。Hがいくら注意しても聞きいれる人ではなかった。父も母の行き過ぎをいさめることはしなかった。

そういうことも重なって、Hは生きて行く希望を失い自殺を図ったが未遂に終った。生きようとする本能が働いたのである。そのことで自分の意思の不遜さを恥じ反省した。それは思春期にありがちの不遜であったが、恥じ反省したということは、Hのしなやかな思考のあらわれである。

本書全体を通読して私は、Hが感受性に富み、知的好奇心の強い少年であったことを何度も感じた。時局批判、為政者の言動の矛盾などへの洞察も、すべてそこに由来する。時には、あまりにも観察が的確であることに、長じてからの後知恵も働いているのではないか、と疑問を抱くこともあった。

一例を挙げると、Hは占領軍が政教分離を推し進め、国家神道を排除すると同時に、神社の集団参拝を禁止しながら、宮城遥拝（ようはい）を除外したことに矛盾を感じたこと、その理由をいろいろ考えた結果、「アメリカは、日本を無血占領するには、天皇に終結宣言をさせる以外に方法がないことを知っていたのだ。／それから、進駐軍が日本を根本的に改革する占領政策を抵抗なく進めるためにも、天皇の存在を否定しない方がいいと考えているからではないかと思った」と結論に達しているところがそれである。

こうした結論は当時の知識人でもなかなか思いつかなかった。それゆえ、獄から解放された共産党指導者が、占領軍司令部の前で「解放軍万歳」と叫んだのである。彼らにとって天皇制は打倒すべき敵であり、占領軍が天皇制を温存するとはまだ考えられなかったのである。

第二章　少年たちの心の闇――学童疎開の文学

学童疎開の理由

戦争は人間のあらゆる負の部分を暴く。平時には隠された暗部を明るみにだす。その主たるものは暴力、怯懦（きょうだ）、迎合、密告、背信などで、いずれも権力欲、加（嗜〈し〉）虐趣味、保身に基づき、それに深くかかわる。子どもといえどもその例外ではない。子どもは純真無垢という通念を一気になぎ倒したのが学童疎開であった。

学童疎開とは一九四四年八月から九月にかけて、当時、国民学校と呼ばれていた小学校三年から六年までの大都会の学童が、近郊や東北、信越などの農村に集団疎開したことを指す。これは政府が奨励していた市民の地方移住と一対をなすもので、激しくなることが予想された米機の大都市空襲の被害を少しでも軽微にし、「防空態勢強化」を図ることを目的としていた。学童については、長期戦に備えた「次代戦力の培養」も考慮されていた。実は疎開政策そのものが、国家指導者や軍部が豪語していた「空襲何ぞ恐るべき」、「我に鉄壁の備え」の破産を物語っていたのである。政府筋は敵機を本土や「帝都」には寄せつけない、侵入した場合でも初期消火で被害は最少限に止まると、たかをくくっていた。空襲ばかりでなく、戦局全体への認識の甘さが破局をもたらし、惨禍を広げたのである。すべては無知とうぬぼれに由来する。当然、旅館や寺などが疎開学童の宿舎で、親許から離れた共同生活は、彼らにとっては初めての体験であったろう。戦争さえなかったら、親の慈愛に恵まれた暮らしができた年齢であったのだが、苛烈な戦争はそれすら許さなかった。それでも食料さえ十分にあったなら、彼らは自分の負の部分をそれほど曝すことはなく、どうにか子どもとしての体面を保つことができたにちがいない。親恋しさや旅愁に止まり、悲劇の現出はなかったはずである。

が、食料が欠乏していたことが、子どもの心を醜悪にし、体力を衰えさせ、共同生活を地獄たらしめたのである。政府は学童疎開を推進しながら、子どもたちの食料を確保することはしなかった。一種の現地調達主義で、この点は旧日本軍の流儀と共通していた。旧日本軍は兵士の食料を現地調達（略奪）し、兵站基地からの補給を軽視した。餓死や病死が多かったのはそのためで、餓死する疎開児童はなかったとしても、栄養失調、それに伴う疾病は後を絶たなかった。彼らの悲劇は空腹によってもたらされたということで、無謀な精神主義の犠牲といえる。もっとも、空腹に喘いでいたのは、ほとんどの国民も同じであった。

学童疎開が進められていた当時の日本の食糧事情は、悪化の一途をたどっていた。質はもちろん、量も減り、主食も米のなかに雑穀や野菜を入れたものから、次第に馬鈴薯（じゃがいも）や甘藷（さつまいも）、小麦粉を練って汁のなかにいれた「すいとん」が主食の座に坐るようになった。それも配給制で自由に手に入るわけではなかった。やむを得ず親たちは農村へ買い出しに行くようになる。いわゆる闇買いである。駅には警官が見張っている時があり、見つかればせっかく買った品物も没収されてしまうので、買い出しはあたりに気を配らなければならず、心身を消耗させた。それでいてあるところにはあり、戦争の惨苦は常に庶民が負わねばならなかった。

一方、農民はいくら現金収入があっても、欲しい品物が店頭にはなかったので、買い出し客に物品を要求し、現金の代りに着物、作業服、地下足袋、作業手袋などを入手した。買い出し客は一枚一枚身を剥ぐことから、これを「たけのこ生活」と自嘲した。「たけのこ生活」は戦争中だけでなく、戦後も二年ほどは続いた。

思えばこの時が、都市生活者に対して農民が優越感を抱いた唯一の時期であったのではないか。それまでは都会人から田舎っぺ、土百姓と蔑(さげす)められ、嘲笑されていたのが農民であった。都会の庶民も裕福ではなかったが、農民よりは生活水準は高いと信じ、そのことで自足する風もあったし、身なりや言葉遣いでは農民よりはるかに洗練されている、という優越感があったから、農民への蔑視感を隠すことはなかったのである。そうした日頃の怨恨が重なって農民は、この時とばかり都会人を剥ぎ、いたぶったといえる。人の難儀につけこみ、強欲を満たした、といって、農民への怨みを忘れない都会人は少なくなかったのである。

こうした社会的背景での学童疎開であった。生活水準や暮らしの流儀のちがい、心理上の対立があったから、双方とも異文化体験の側面を持っていた。反目や差別は避けられなかった。佐江衆一の『遥か戦火を離れて』は、佐江自身の学童疎開体験を素材とした作品で、ここにも村民や村童と疎開児童の対立反目が描かれている。村人や村の子どもたちは疎開学童に向って、「疎開っ子だどっさ」、「疎開っ子が通る……」と囃し立てた。そして「きたならしい動物を見るみたいな視線を」一斉に注ぎ、「疎開っ子は銭も盗むから気をつけろ」、「あいつらの眼は泥棒の眼だ」と聞こえよがしにいわれもした。同じ体験を書いた小林信彦の『冬の神話』にも、「ソカイ、帰れ」という土地っ子の合唱を浴びたことが記されている。もちろん疎開児童も負けてはいずにやり返したし、暴力には暴力をもって対抗した。「私たち生徒は村の子らを珍しい動物扱いしていたし、彼らは彼らで生っ白いソカイを白眼視していた」(『冬の神話』)というから、その対立は深刻であった。

『冬の神話』の学童たちの宿泊所は寺であったが、そこの和尚は食事覗きまでして、学童たちが何か珍しいものを食していないかに、異常な関心を示したし、学童宛の東京からの贈り物をピンハネしたといわれる。それゆえ主人公は、「もはや、敵は米英じゃない」とさえ思うようになる。

「あいつらのは泥棒の眼だ」と疎開児童がいわれるのも空腹のためで、彼らは宿舎を出ては腹の足しになるものを物色し、盗み食いもした。餅付きの季節には「お餅を、少しください」と、乞食のように一軒一軒を回った。軒先に干し柿が吊るされている家の草むしりをこちらから頼み、その駄賃として干し柿をもらった。そうして辛うじて空腹を満たした。彼らはそこの家の老婆を「お得意さん」と呼んで利用した。「あのおばあさんは、ぼくらにだまされているのさ」と、『遥か戦火を離れて』の主人公はいうが、この期に及んでなおそうした発想をするのは、根底にやはり農民蔑視があるからにちがいない。

本当の敵

しかし、疎開児童にとっての本当の敵は村人でもなく土地っ子でもなく、空腹そのものであり、友人であり、自分自身であった。空腹が人間の負性を露出させたのだが、それを極限にまで剥出させたのが集団生活である。集団のあるところ必ず組織悪がある。特に日本国のような個人意識が乏しく、人権意識が未成熟な社会では、集団は抑圧構造となり、理性を排除した狂気が支配する。旧軍隊の内務班がその典型であった。

疎開学童たちの日常も集団生活であるために、軍隊内務班の如き様相を呈した。まさにそれは小内務班で、『遥か戦場を離れて』では、事実のままではなかったろうが、上級生のボス小島の語り口は、古参兵そのものである。四年生から六年生までがいくつかに分けられ、彼らの分団長が小島、ボス猿のような六年生である。主人公の柳沼は五年生。組織の定石通り、大島には取り巻きがおり、彼は取り巻きを使って下級生をいじめ、支配した。下級生、特に最下位の四年生は保身のため、乏しい主食を大島に「献納」するのである。もちろん大島が暗黙に強要したものであることはいうまでもない。

食卓につくと、彼は何気ないふうにひとわたり私たちを見まわす。きらっと眼がひかった。それだけで少年の私たちは、食後のいっときだけでなく三日も四日も、彼から執念深く巧妙にいびられる光景を想いうかべてしまう。

教師の面前だから、いかに大島でも強奪の形はとれない。それを感知した四年生は、「先生。ぼく、ちょっとお腹の具合がわるいんですけど、大島さんにご飯を少し食べてもらっていいでしょうか？」と、伺いを立てるのである。女教師が黙認することは旧日本軍の将校と同様で、大島に統率を任せたほうが、分団の秩序が保てると考えているからである。これもまた保身であって、彼女は(事なかれ主義に徹する)教師としては失格だが、疎開地ではなるべく面倒を起したくない、というのが本心であり、それに戦争末期の不安な社会環境が、彼女から創造的精神や想像力を奪ってしまったのであろう。

主人公は大島たち六年生にも、大島に主食の一部を「献納」する四年生にも与しない。が、どちらに対しても、悪習をやめさせるためにはたらきかけようとはしない。迎合を率先しないことに自己満足し、いやなその時間が早く過ぎればいい、と願うだけである。時には大島と取り引きし、少しでも自分の立場を有利にしようとする。その点でなかなか抜け目ない世俗型人間といえる。もちろん、そこには自嘲がともなったろう。

大島が直接自分では手を下さず、取り巻きを通じて下級生いびりをすることは前述したが、「仲のよい友達どうしで相手の頬を力いっぱい叩きあう方法」をとる点も旧日本軍式であり、箸の上げ下げのような些細なことで体罰を加えるのも古参兵的であった。学童たちに公然と食料を送ることは禁じられていたので、空腹に堪えかねた学童たちは、親から「わかもと」や「エビオス」といった栄養剤を送ってもらい、それを噛んで空腹をこらえた。なかには練歯磨きをなめ、甘味の代用にする学童まであったほどで、それほど空腹は極限に達し慢性化していた。

その貴重な「わかもと」が盗まれるという事件があった。盗んだのは主人公で、大島はうすうすそれに気付いていた。しかし、それを口にはださず大島は柳沼に、「ワカモトを盗んだのはお前じゃないんだろう? なあ、そうなんだよな」といい、分団員の前で、「盗んでいるくせに白状しない強情な奴がこいつらのなかにいるんだろう。だから山田さんよお、お前がこいつらを殴って白状させてくれよ。なあ、おれのかわりに頼みますよ、山田さん」と、気弱で愚鈍な五年生の山田をけしかけ、彼を窮地に追い詰めるのである。

この「山田さんよお」という語調は、まさに古参兵のもので、宿舎が小軍隊であったことを物語る。まさに学校は軍隊秩序の模倣(兵営化)といえよう。この語調から内務班を連想した読者は多いにちがいない。大島のこの語調は随所にみられる。例えば大豆の「献納」を申し出た四年生に、「泣かせるこというぜ、こいつら」というくだり。また、その大豆一粒を大島から唇のあいだに押し込まれた原口が、大島へ礼をいいかけると、「バカ野郎！　おれに礼なんかいうやつがあるか！」「礼をいう相手は豆をくれた四年生たちだって事くらい、お前にはわからないのか。な、そうだろう？　四年生のまえにいって、たたみに両手をついてお礼をいえよ」と、自分の狡智に舌なめずりし、さらに柳沼と杉山に、「同じ五年生としてお前たちは恥ずかしいとは思わないのか？」、「原口が礼儀正しい少国民になるように、仲のいい友達のお前たちがビンタをくれてやれ。杉山からやれ」と、大人顔負けの口上で五年生をなぶり者にするのも、堂に入った古参兵そのものである。

こういう出口のない閉塞社会では、上から抑圧されいたぶられると、次々とその抑圧を下位者や弱者に転化してゆく行為となる。その精神構造は丸山眞男の著作にくわしい。その結果、最後の被害者は傷めつけられたままで、誰にも抑圧の対象を移すことができない。この作品でいえば愚鈍な山田少年がそうで、「少年の誰もが山田へ辛く当って、彼を『非国民』にして、自分を守ったのだ。山田は私たちの身替りになるにふさわしい少年だった」と、作者は書いている。どこの集団にもこのような少年はいた。

これは日本の支配構造そのものの縮図でもある。天皇制社会の支配構造は、天皇を頂点とするヒエラルキーによって成立する。序列は天皇に近い者ほど高く、順次、下位に至る。人々は上位からの抑圧を下位に移すことによって精神の均衡を保つ。階級階層の細分化こそ、支配の鉄則なのである。山田少年は最下位の犠牲羊にほかならなかった。戦災孤児となった山田は戦後自殺に等しい死に方をするが、彼にはそこにしか自由と解放がなかったのである。死が自由と解放にほかならないとは逆説だが、それほど彼の暮らしには、有形無形の支配の網が張りめぐらされていたといえる。軍隊の自殺者の多くはこの種の人間であった。彼らは絶対に精悍になれない兵士、他の兵士に伍することができず、常に古参兵からいたぶられ、脱走する勇気もなく、自殺の道を選んだのである。山田少年は愚鈍で上級生に迎合し保身を図る才覚に欠けていたので、阿諛(おべっか)や密告や裏切りという集団悪、独裁社会の毒に染まることがなかった。それだけが救いといえば救いといえるであろう。

一方、『冬の神話』のほうも、学童寮を支配しているのは浅田というボスと、彼に次ぐ力を持つ青木である。学寮の秩序を保っているのは倫理や連帯ではなく、暴力である。主人公は級長ではあるが、暴力支配に対しては無力で、ボスどもに歯向かう勇気はない。彼のできることは、隠し持っている菓子(彼の家は菓子屋)や栄養剤で浅田を籠絡したり、浅田と青木宛の郵便物を便所で燃やしたり、浅田と青木の仲を裂くため、浅田の文鎮を盗み、青木の所持品のなかに隠すことぐらいのことである。それが効を奏し、浅田と青木は対立する。級長であるだけにやることは手が込んでいる。知能犯といえないこともない。対立する彼らにほくそ笑み、「陰惨な喜びに心をふるわせながら、その夜、私は、安らかに眠りについた」。その心理は、「私の日常は遠いところへ行ってしまっていた。今の私は、一日に一度は苛められないと、かえって不安だった。そして、自分を傷つけることだけが彼らを喜ばせるということを、いやというほど知らされていた」ことと表裏一体をなしている。

それは誰がしたのかも判らない廊下の大便の後始末を命じる浅田や、何度も屈辱を強いる青木に抗議できない自分への嫌悪と、処罰を意味している。下痢で下着を汚したことを青木に知られ、青木のいいなりになる自分は、堕天使に等しく、自己処罰のなかにしか救いはない。自虐の快感が彼を陶酔させる。小便水の土に手をついて顔をすりつけるように、と青木から命令された主人公は、その通りにする。「私の額と鼻の頭が冷たいものに触れ、その部分を溶かし始めた。奇妙なことに、今のまったく無力な状態が、私には、この上なく快いものに思われて来たのである」。

まさに嗜虐の境地にまで精神の退化は進んでいた。普通の暮らしであったら、少年が体験しないですんだ心理である。主人公は老舗の裕福な菓子屋の子息であり、読書の好きな思索型の少年であったから、集団生活にはもともとなじめなかったのであろう。彼には集団生活への拒否反応があり、周囲に人がいると一字も活字が目に入らず、学寮での勉強も、納骨堂につながる反り橋を選んだほどである。このような繊細で鋭敏な感受性の少年にとっては、佐江作品の山田少年とはちがった意味で、集団生活は耐えがたかったのである。彼が生き抜いたのは、巧みに心理操作するだけの知能に恵まれていたからにほかならない。

繊細な感受性に恵まれていたこの少年が、人を対立抗争させる「陰惨な喜びに心をふるわせ」たことは前述したが、人間のなかに日頃は隠されている側面は、状況の変化によって突如、表面に姿を現すのである。佐江作品の主人公が、大島たち六年生が進学準備のため帰京し、後任の分団長になった途端、にわかに荒れだし、山田少年を殴りまくる変貌は、人間の名状しがたさを立証する。その点では小林作品の浅田も同様である。強い帝王として君臨していた浅田は、ある事件をきっかけに青木に打ちのめされ、その権力と権威を一挙に失い、見る影もない卑屈な少年に変わり果てる。独裁者の末路のはかなさ、あわれさである。

こうしてみると、彼が暴君として少年たちを睥睨（へいげい）していたのも何かの偶然によるもので、彼の真の力ではなかったのであろう。あるきっかけで卑小な本質が露呈すると、帝王も見るも無残な張子の虎と化してしまう。独裁者やボスには、往々にしてこの種の人間が多い。

この浅田も大流行したジフテリアに罹り帰京中、焼夷弾の直撃を受け即死する。「奴が再疎開で帰ってきゃしないかと、びくびくしてた」少年たちのある者は（主人公もまた）、浅田の死を朗報として喜ぶ。級友の死を朗報とは惨酷な話だが、浅田への彼らの怨みと憎悪はそれほど強かったのである。惨酷といえば少女たちもまた少年ほどではないにしても、時として凶暴になる。「わかもと」を盗んだと疑われた少女は、ズロースを脱がされ、逆立ちさせられる私刑に遭う。すべてが空腹に発する。級友の下痢を班長に密告するのも空腹のためである。級友の下痢を確かめようと、排便覗きをして証拠をつかもうとする人間まで現われる。下痢患者は食事量を減らされ、その分が他の人に回されるからである。したがって下痢患者は絶食命令を恐れ、下痢になっても班長を買収し、絶食を免れた他の班の下痢患者をおどして物品を巻上げることも流行した。まさに百鬼夜行の世界である。子どももまた、大人がする程度に近い悪事を平気でした。このように戦争と集団生活と飢餓は、密告、阿諛（あゆ）、暴力、人間不信、猜疑心、裏切りを白日のもとに曝し、子ども＝純真無垢の神話を瓦解させたのである。

「皇国少年」の多様性

高井有一も学童疎開世代で、その体験を『少年たちの戦場』にまとめているが、それによると、学童たちは食事前、歴代天皇の名を朗誦し、続いて「天皇陛下の御稜威を仰ぎ、心を練り、体を鍛え、よい日本の民になります」、「私たち日本の少国民は、戦場の勇士とともに天皇陛下の御事業の万分の一でもお役に立つように努めます」の「誓いの言葉」を唱え、「頂きます」と箸を取る段取りになる。そのほか、「疎開児童に賜りたる皇后御歌」(つきの世をせおふへき身そたくましく正しくのひよ里にうつりて)や、それへの「奉答歌」(御心のままに正しくたくましく欅(けやき)の里に伸びてぞ行かむ)を朗詠したり、「アメリカ人をぶち殺せ！」と叫ぶのを日課としていた。佐江作品のほうも「箸トラバ　アメツチミヨノ　オンメグミ　君ト親トノオンヲアジワエ」と、食事前の感謝の言葉は同巧異曲である。

徹底した皇民化教育で、三度三度、食事ができるのも天皇陛下のためだ、その「御恩」を忘れるな、天皇陛下の有難さをよく噛みしめよ、というわけであろう。いかに天皇崇拝者の親でも、ここまで子どもをしつけることはあるまい。集団生活がもたらした洗脳である。これは軍隊の「軍人勅諭」奉唱に相当する。学童たちの集団生活は範を軍隊にとっており、手紙の検閲までした。気に喰わない奴の飯には、食事当番になった際、鉛筆の芯を削り、鉛の粉をふりかけたというのも、軍隊そのままである。軍隊では鉛の粉ではなく、頭のフケをふりかけたといわれる。

佐江作品の主人公は、母が「本のあいだへ夏ごとに一円札をしのばせて送って来た」のを女教師に見つかり、「あなたのおかあさんは非国民です！」といわれると、「ぼくは非国民のおかあさんに、もうなにもいいたくはありません。そんなおかあさんを許しているおとうさんも、ぼくには悲しいだけです」と、手紙に書くほどの軍国少年で、この心情は当時の少年にとってはそれほど突出したものではない。ただ彼が脱走した時、脳裏に走る天皇観は、特異なものであるまいか。彼は東京大空襲が本当かどうかを確かめようと、宮城県白石市の学童宿舎から脱走する。

　早朝のひかりが血膿をながして歩きつづける少年を照らしだしていた。蔵王の山頂に朝日が射して、ひかりの斧が鋭く削りとったみたいに、純白の雪が金色にきらめいた。天皇陛下のみいつのひかりみたいだった。／――あのかたのためにも、早く行かなければ。

　行手の空はめざましい朝焼けのしぶきだった。曙の光が、少年の殺げた頬に射した。少年は行手を凝視した。朝焼けの大空に、勝ちいくさの戦いの火が燃えつづけている。／少年を裏切るはずがなかった。

最後の行はいうまでもなく、「天皇は少年を裏切るはずがなかった」ということである。佐江少年の心情そのままであるかどうか定かではないが、いくらか年長者である私の少年の頃に比べると、主人公の天皇信仰は厚い。私などにはこうした天皇信仰はなかったし、尊崇の念もなく、あるのは畏怖感であった。したがって、次のような感慨も到底浮かばなかった。

少年が寝返りをうつたびに、自分の骨の軋む音がした。こんなに痩せてしまった、と少年は思った。その痩せた小さな手を肉の殺げた胸のまえにあわせて、少年は祈った。／——天皇陛下さま、父や母を殺すなら、どうぞ、この僕を殺してください。

当時の少年たちは（国民の多くもまた）、日本は正義の戦争をしており、神国日本が負けるはずがない、と信じていた。断るまでもなくそれは信仰というよりも妄想で、必勝の合理的、科学的根拠などあるはずがなかった。それでもすべての理性や疑問の生まれる批判力を少年たちから奪うことはできなかった。高井作品ではある少年が、最後は一億玉砕ですね、と教師に問い、「何故そんな風に言う」という教師に、「だって、硫黄島も、沖縄も、最後はそうなっちゃったんだもの。敵の物量には、どうしたって敵わないんでしょう」と応えるのである。この少年の父は軍需工場の経営者で軍人と交際が深く、そこを通して入手したノモンハン敗戦を教師や少年たちに披露し、彼らを驚かせるのである。

そういえば小林作品の少年のなかにも、正確な情報をかなりつかんでいて、的確な判断をする少年がいた。山下奉文将軍がフィリピンの前線に復帰し、「敵、わが腹中に入る」と声明したのを知り、「これで、フィリピンの戦況も変わるんじゃない？」という楽観派に、「へっ、負け惜しみじゃなきゃいいがね」と冷水を浴びせるのである。主人公も内心ではそう思いながら、その少年のように口にする勇気はなかった。ある「大きな、眼に見えない何かにたいして恐ろしい気がした」からである。当時は少年にも、社会の圧力が感じられたのである。

私は、神風を信じていた。が、今の調子だと、吹かないうちに、日本が負けてしまうおそれがあるのだ。／いったい、正しいものが負けるということがあるのか？　そういうことがあって、いいものだろうか？　この世の正義は、どうなっているのか？　／浅田の夢見るような一大逆転劇が、この後に控えているとは思えなかった。敵は、飛石伝いに、フィリピンから台湾、九州、そして本土に襲いかかるだろう。現に東京では、警報がひんぴんと発令されているのではないか。

「へっ、負け惜しみじゃなきゃいいがね」と半畳を入れた小沢少年は、劣勢の戦局の転機とまで宣伝された台湾沖海戦の「大戦果」が、事実誤認であったことを、海軍の叔父から聞いて知っていた。これは当時、ほとんどの大人が知らないことであった。主人公も戦争がつまらなくなったのはガダルカナル島の撤退あたりからで、「東条内閣が総辞職した時は、一瞬の戸惑いを感じたが、やがて、ダメな首相は辞めさせるのが当然だと思うようになった。嘘つきの弱者は消えろ！　私はもっと強い指導者が欲しかったのだ」といって、敗けているのに勝った勝ったと国民を欺いている政府や軍部に怒りと苛立ちを隠さない。

以上の作品の少年たちは東京暮らしであったため、田舎の子どもに比べると趣味も多様で、情報も豊富であった。特に小林作品の少年たちは下町育ちであり、映画や芸能には詳しかった。主人公は児童文学だけではなく、近藤日出造などが中心になっていた雑誌『漫画』まで読んでいたというから、田舎の子どもとは雲泥の差があった。主人公が少女と話していると、「よっ、若旦那！　女の子とひそひそ話なんざ、罪でげすよ！」、「あの女ァ、すらっとしてて、顔が小さくて、色なんざ八難ぐらいかくしちゃう方だから、仕舞屋にゃもったいないな。ぜったい、芸者にすべきだよ」とからかう少年もおり、彼は落語を得意としていた。

こんな仲間だから替え歌も得意で、かれらの創作かどうかは知らないが、「つーつーれろれろ」の節で、「ルーズベルトの／ベルトが切れりゃ／チャーチル散る散る／国が散る　国が散る」と囃し、「月月火水木金金」をもじって、「朝だ　四時半だ　朝日がのぼる／親父出て行く　あわれな姿／靴はボロボロ　洋服もボロボロ／うちの親父は土方の大将／一日五銭の安月給」と茶化した。海軍の猛訓練ぶりをうたった元歌も、これでは形無しで、教師の前で公然とうたうことは憚られたろう。そこにも彼らの下町っ子らしい活力と反逆心が躍如としている。何しろ彼らは疎開前から、「教育勅語」のなかの「夫婦、相和シ」を「夫婦は鰯」に、「恭謙オノレヲ持シ」を「狂犬おのれを噛み」とナンセンス化してしまう。不逞なユーモア精神で、「四方拝」の「松竹（まつたけ）でんぐり返して大騒ぎ、芋を喰うこそ屁が出るよ」は、全国ほぼ共通の、権威落しである。彼らは空腹にもかかわらず、「豆喰ってピイ／芋喰ってブウ／あわせてスウ」とうたって、自分たちのみじめさを滑稽化したのである。安岡章太郎の精神である。この喜劇的精神こそが、悲惨な集団生活にあっても、なお少年たちが人間性を失わせなかったものといえよう。

以上のような疎開体験であったから、作者たちの総括は、情緒や感傷を排し、厳しく本質をえぐり取っている。佐江衆一は「後記」にいう。

空腹、盗み、霜やけの痛みなどがなつかしく語られる。そして、「きびしい人間をつくった精神修養のまたとない貴重な経験」であったという感慨さえ、口をついてでるのである。たしかに、いまの平和の時代では、願っても叶えられないきびしい経験にはちがいない。だが、おとなになった杉の子の口をついてでる人生論的なこの感慨は、国家の非情さへの展望を失い、相も変らぬ哀しい日本のモラルを、なんと今に含んでいることだろうか。

そのような作者の意識に対応して、作中、かつて天皇信仰者だった少年(今は中年)に、次のような天皇批判をさせている。

天皇訪米を演出した日本とアメリカの首脳部およびそれにくみしているマスコミは、天皇の「人柄」に私たちをあらためて感銘させようとしている。しかし、戦争を指令し指導して、したたかに生きてきたこの男は、決して責任をとらなかったし今後もとろうとはしない最高責任者であり、人の好さそうなあわれっぽい年寄りなどではないのだ。その彼がアメリカにまでのりこんで「遺憾」を表明したことを、あたかも日本国民の意思表示であるかのようにすりかえるごまかしをふくめて天皇を考えなければ、日本とアジアの十五年戦争の犠牲者はうかばれない……。

小林信彦もまた「あとがき」で忌憚なく書く。

かつての「疎開学童」たちが彼らの疎開地を訪れて、土地の人々と戦時中の思い出を語り合った、という記事がよく新聞に載る。／ほとんど年中行事と化したこの「美談風の、心暖まる」記事は、決まって私を不愉快にさせる。私は、ただ不機嫌になり、呟く。／(これが正常なのだろうか。……だとしたら、おれの、〃集団疎開体験〃への二十年以上の固執は、いったいどうなるのだろう?)／(中略)集団疎開に参加させられた少年たちの中で敏感な魂の持主は、この世の地獄を見たはずだ。想起するだけで首筋が熱くなるような屈辱感にとらわれて私は長い戦後を生きてきた。二十年以上たった今、ようやく、あの異常な体験を、とり乱すことなしにフィクション化し得るような気がする。／それは、私にとって、牧歌時代の終り、最初の(そして早過ぎる)挫折だった。以後、その記憶は私の心に巣喰ったまま、絶えず私に囁きつづけている。……私たちをとりまく繁栄——高層建築、はなやかな衣服、ショウ・ウィンドウに溢れる食料品などは一時の幻であり、いつか、また、あの時と同じ状態がくるよ、と。

第二章 極限の中の人間——大岡昇平

人間があるこ、と、を考えるのは、事柄を意味づけるためであり、そのことで自分を納得させるためである。考えを促すものに不明や疑問がある。それが解決した時、人は納得する。納得は考えることの帰結であり、二つは切り離せない。どのような考えの筋道で納得するかに、その人の個性、人間性が現われる。大岡昇平の作品の深さと魅力は、自分を納得させる考え方の独自性にある。

「私はすでに日本の勝利を信じていなかった。私は祖国をこんな絶望的な戦いに引きずりこんだ軍部をにくんでいたが、私はこれまで彼らを阻止すべく何事も賭さなかった以上、彼らによって与えられた運命に抗議する権利はないと思われた。一介の無力な市民と、一国の暴力を行使する組織とを対等におくこうした考え方に私はこっけいを感じたが、今無意味な死にかりだされてゆく自分の愚劣さをわらわないためにも、そう考える必要があったのである。(中略)未来には死があるばかりではあるが、われわれがそれについて表象し得るものは完全な虚無であり、そこに移るのも、今私がいやおうなく輸送船に乗せられたと同じ推移をもってすることができるならば、私に何の思いわずらうことがあろう。わたしはくりかえしこう自分に言いきかせた」(『俘虜記』)。

「彼らを阻止すべく何事も賭さなかった」と大岡は書いているが、神戸で招集を覚悟した時、脳裡をかすめる反抗の意志が大岡にはあった。それを実行に移せなかったのは死がこわかったからである。「そのとき軍に抗うことは確実に殺されるのに反し、じっとしていれば、必ずしも招集されるとは限らない、招集されても前線に送られるとは限らない、送られても死ぬとは限らないということである。」(『出征』)

以上によって明らかなように大岡は、「私に何の思いわずらうことがあろう」と、死を納得するまで二段階を経ている。招集を覚悟した時には、まだそれが現実のものではなかったために、生きることの確かなほうへ賭けた。が、入隊し南方行きの輸送船に乗せられた時、死は避けられないものと覚悟し、抵抗なくそれに従えるよう心理操作をした。それは「自己の愚劣さをわらわないためにも」不可欠のものであった。これは自己愛ともみられがちだが、それと類を異にするのは、「自己の愚劣さ」を認めているからである。自己愛者にはそれはできまい。ここには透徹した分析精神がある。「自己の愚劣さ」を笑うとは、自嘲であり、自分を道化と見ることである。自嘲とは自分の中に意地悪な他人の眼を取りこむことであり、道化とは自分の中の「権威」やこわばりから自分を解放することである。人間は他人の眼を借用し自分を対象化するから自分の愚劣さを笑える。自分の愚劣さを笑える人間だけがまた、世界の愚劣さを笑えるのである。分析=道化はこうして自分と世界を串刺しにする。

「私は哄笑を抑えることが出来なかった。／愚劣な作戦の犠牲となって、一方的な米軍の砲火の前を、虫けらのように逃げ惑う同胞の姿が、私にはこの上なく滑稽に映った。彼等は殺される瞬間にも、誰が自分の殺人者であるかを知らないのである。」（『野火』）

『野火』の主人公田村一等兵は、日本軍の断末魔の姿を見て哄笑（こうしょう）（自嘲）している。『俘虜記』の「私」は輸送船の上で、自分の愚劣さを笑わない心理操作をした。『野火』にはそれはない。『野火』の田村が大岡自身ではないためか。対象が個人でなく同胞全体であるためか。それもなくはない。したがってこの場合、哄笑の対象となるのは田村であり、同胞である。いや、ここにいる同胞だけでなく、「殺される瞬間にも、誰が自分の殺人者であるかを知らない」、戦争中の日本人全体を指すだろう。実際、戦争中の日本人はそうした位置に置かれていた。

ここには微塵の自己愛もない。『俘虜記』とのちがいは、主人公の死との距離であろう。『俘虜記』の私は死を覚悟しているとはいえ、死に直面しているわけではない。死は海の彼方である。その距離が、彼に心理操作、自分をかばうゆとりを与えた。しかし、『野火』はちがう。死闘が眼の前で繰りひろげられ、同胞が次つぎ死んでゆく。自分もいつ死ぬか判らない。そういう状況では、同胞や自分の愚劣さを笑わないための心理操作をする必要はない。自分の人生を自分で決めることも、その死の意味も判らず死んでゆく人間の愚劣さだけがそこにある。ここでの哄笑が自嘲を含むことはいうまでもない。『俘虜記』も前線の描写ではそうなる。

私が大岡のいう「愚劣さ」にこだわるのは、二例のような場合、それを愚劣さと突き放すことは日本人の場合、きわめて稀であり、その点に大岡の独自性をみるからである。考える人間を、考えない人間に改造し、人間感情を抹殺することで成り立つ軍隊、また機械人間になることで精強が保証され、そこに一種の爽快感を抱く兵士、そうした戦闘集団の一員に、大岡のような人間がいたというのも、戦場が広範囲におよび、戦死者が甚大であったことを物語る。招集されたとき大岡は三十代半ばで、平時なら軍隊と無縁な年齢であった。若い兵が底をついたために、このような老兵まで補充せざるを得なかったのである。そして戦局の悪化は、このような補充兵を戦闘員として訓練する暇もなく、あわただしく南方戦線につぎこんだ。そのことはまた大岡が、考えない鋳型人間から免がれることにもなった。

私は比類ない大岡の分析精神に語を費しすぎたかもしれない。分析精神とは文学に引き寄せれば散文精神ということであろう。『俘虜記』の「私」は、フィリピン山中でマラリアに罹るが、このときも分析精神は健在である。

「私は細心に自分の症状を観察し、療法を自分で工夫した。熱のためすぐ下痢がはじまったのを見て、消化器に無益な負担をかけないために(これがそのときの私の考えであった)いっさいたべないことにした。(中略)私は死がマラリア患者を急激におそうのに気がついていた。私はたえず自分の体の状態を監視し、まだ死につつないのを確かめた。病人が死ぬ前に糞便を失禁するのを見て、苦痛がはげしくなると、わざと戸口まではいだして小便をしてみた。」

ここにあるのは科学者・観察者の眼である。それを合理主義と私どもは呼んでいる。輸送船のうえから、千人針を海に投げる大岡にとって、それは予想されたことである。「いずれこれは私の好まぬ迷信的持物であったが、何か記憶に残らない発作にあったのであろう。強いていえば私は前線で一人死ぬのに、私の愛する者の影響を蒙りたくなかったといえようか。国家がその暴力の手先に男子のみ必要とする以上、これは純然たる私一個の問題であって、家族のあずかり知るところではない。」(『出征』）――彼がこの輸送船上で死を予見し、全生涯の検討を終えなければならないと感じ、一日の回想分の予定を立て、三日でそれを果たしたのも、そこに起因する。
「愚劣さ」ということにもう一度こだわれば、『俘虜記』の「私」は、戦友が次々と死んでゆく戦争の愚劣さを見て、一度は死を受け容れようとしたことに、不思議な心境の変化を起す。「私は突然私の生還の可能性を信じた。九分九厘確実な死は突然おしのけられ、一脈の空想的可能性をえがいて、それを追求する気になった。少なくともそのために万全をつくさないのは無意味に思われた。」

彼の心境の変化を促す啓示となったものは、「こんな戦場で死んではつまらない」という戦友の言葉である。そこから「この死をむりに自ら選んだ死とする倨傲が、一種の自己欺瞞にすぎないことに私は当然思いあたった」のである。そこに「一種の自己欺瞞」を認めたところに、大岡の眼光紙背に徹する分析精神がある。『戦艦大和ノ最期』の吉田満と分けるものがこれである。吉田は「自ら選んだ死とする倨傲（きょごう）」を、「誠実」と錯覚した（倨傲とは、おごり高ぶることである）。大岡が『戦艦大和ノ最期』を評して、「敗軍の事実に直面する視角を得たが、同時に戦争そのものを見失ってしまった。これは戦争末期日本参謀本部が作戦を失ったのと同じ原理による。『戦艦大和』には批判というものがない。感傷に終始している」（『証言その時々』）と批判したのは偶然ではない。

大岡のいう「一脈の空想的可能性」は、フランクルの「恩赦妄想」とどうちがうのであろうか。恩赦妄想とは、「死刑を宣告された者が、その前後の瞬間、絞首のまさに直前に、恩赦されるだろうと空想しはじめることである」（霜山徳爾訳『夜と霧』）。「一脈の空想的可能性」が「恩赦妄想」と似て非なるものであるのは、囚人たちには生き抜くために万全を尽くす、という行為、ここで死ぬのは愚劣だ、と思う意欲が失われているからである。囚人はすでに、人間として死んでいるから「恩赦妄想」を抱くのであり、『俘虜記』の「私」は、いきているから「一脈の空想的可能性」に賭けるのである。『俘虜記』の文学としての深さ、作品としての魅力は、この「私」が、なぜ若い米兵を撃たなかったかを、あらゆる角度から、卓越した分析力によって描いたところにある。

作中の「私」は、マラリアに罹った敗残兵で、力尽き、樹に身をもたせている。突然、若い米兵が彼の視野にはいる。相手は気づかない。米兵はこちらに向かって歩いてくるが、主人公は死角になっている。「こいつは射てる」とは一瞬思ったが、ついに引き金をひかなかった。撃つまい、と考えたのである。すぐに遠くで銃声がして、米兵は引き返していった。

彼は撃たなかった理由を分析する。そこには彼しかいなかったことがまずあげられる。複数であったら前述した理由で発射していた。遠くで銃声がして米兵が引き返した偶然が第二、相手の顔の「きびしさ」に抑制心が働いたこと。その顔の一種の美しさに対する感嘆、流される血への嫌悪感、若い米兵の生命を奪うことへの父親らしい罪障感などがそれに続く。そして彼は結論する。「人類愛から射たなかったことを私は信じない。しかし私がこの若い兵士を見て、私の個人的理由によって彼を愛着したために、射ちたくないと感じたことはこれを信じる。」

目前の敵兵を見て、人類愛の観念を抱くことはまずない。人類愛という抽象感情（観念）はとっさに働くものではないからである。前記二つの偶然と米兵への愛着が重なって、彼は撃たなかった、というのが真実であろう。米兵への愛着を感じたということは彼もいうように、兵士に徹しないばかりか、兵士であることを忘れていたからである。それは彼が、兵士として鋳型人間ではなかった、ということであろう。人間を鋳型にはめこむことは強い兵士を作ることでもあり、この場合、強い鋳型兵士は二つの偶然があったとしても、発砲していたかもしれない。ところが作者は、そのような偶然や人間性にのみ原因を求めるのでなく、さらにその意味を追究してゆく。

「このとき私に、『殺されるより殺す』というシニスムを放棄されたのが、私がすでに自分の生命の存続に希望を持っていなかったということにあるのは確かである。明らかに「殺すよりは」という前提は私が確実に死ぬならば成立しない。／しかしこの無意識に私のうちに進行していた論理は『殺さない』という道徳を積極的に説明しない。『死ぬから殺さない』という判断は『殺されるよりは殺す』という命題に支えられて、意味を持つにすぎず、それ自身少しも必然性がない。『自分が死ぬ』からみちびかれる道徳は『殺しても殺さなくてもいい』であり、かならずしも「殺さない」とはならない。（中略）『他人を殺したくない』というわれわれの嫌悪は、おそらく『自分が殺されたくない』という願望の倒錯したものにほかならない。」

倒錯願望が正しいかどうかを判断する能力は私にはない。ただ無意識に進行した論理、つまり「自分の生命の存続に希望を持っていなかった」という最終否定は、大岡の解析の通りだと思う。結果として、倒錯願望と仮定の最終否定は一致する。このあと主人公は自殺をはかるが、未遂に終る。「私は苦笑した。私にらくな一瞬の死すら与えない運命の皮肉が何となくおかしかった。」

それをおかしく感じるのは自分を対象化する分析力、とらわれない精神のためではあるが、一つには生への願望が意識下にあったためではなかろうか。それが満たされた安堵感が、苦笑やおかしみを誘ったことも否定できないと思う。が、いずれにしても、このとき彼は、愚劣な作戦の犠牲になって死ぬのはいやだ、と「空想的な可能性」に賭け、戦友と二人でフィリピン脱出計画を練った時ほどの気力と体力を失っていた。

『野火』は大岡昇平のフィリピン体験をそのまま描いたものではないが、主人公田村一等兵の心理分析には、大岡のフィリピン体験が生かされていると思う。というのは、ここでも無意識や倒錯願望が語られているからである。——「輝く月光の行きわたった空が、新しい渇望をもって私の眼を吸い込んだ。私はこの感覚を知っていた。渇望は容易に『生への執着』と呼び得るものであるが」、この既知の感覚は、ある女が田村を捨てた時、彼が感じた渇望に似ていることに思い当たる。「私の手の届かないところへ去った女の心と体に、私は手が届かないという理由で、ひたすらに焦れた。／してみれば今私があの空に焦れるのは、及び難いと私が知っているからであろう。私は自分が生きているため、生命に執着していると思っているが、実は私は既に死んでいるから、それに憧れるのではあるまいか。」

また田村は林の小道を歩きながら、もう自分は二度とこの道を歩くことはないだろうと感じるのを奇怪に思う。それも自分が死を予感しているためであろう、と考える。「我々にはどんな辺鄙な日本の地方を行く時も、決してこういう観念には襲われない。好む時にまた来る可能性が意識下に仮定されているためであろう。してみれば我々の所謂生命感とは、今行うところを無限に繰り返し得る予感にあるのではなかろうか。」

田村は教会を目指して歩きながらも、過去にもこんな風景の中を、このように歩いたという記憶はあるが、それを想起できないという、ベルグソンの「贋（にせ）の追想」にとらわれる。「日常生活における一般の生活感情が、今行うことを無限に繰り返し得る可能性に根ざしているという仮定に、何等かの真実があるとすれば、私が現在行うことを前にやったことがあると感じるのは、それをもう一度行いたいという願望の倒錯したものではあるまいか。」

そして、このような死の予感や死の幻視、あるいは「贋の追想」や倒錯願望はことごとく、風景の中で、風景を媒介にしてなされる。風景によって喚起されるのは生の渇望であり、死の予感である。風景をみるのは田村の末期の眼である。

『野火』の魅力の一つは、田村の心理、感情、行為などが、フィリピンの自然との深いかかわりで描かれているところにある。これはしかし、作者によれば歩兵の眼ではない。なぜなら、「歩兵は自然を必要の一点から見なければならない職業である」から。「必要の一点」とは、部隊を守り、攻撃の有効にすること、この場合でいえば、田村の身を敵から守るための地形の精査、分析である。したがって歩兵は、風景への感情移入を拒否しなければ成り立たない兵科である。「自然の雑多な様相は、彼にとって、無意味なものである」にかかわらず、「この無意味さが彼の存在の支えであり、勇気の源泉である」のは、彼がすでに戦闘能力を失い、兵たることを放棄し、死の間近に迫っていることを知っているからである。こうして自然は、彼の感情の恣意に従ってある表情を帯びてくる。「比島（フィリピンのこと）の熱帯の風物は私の感覚を快く揺った。（中略）私は死の前にこうして生の氾濫を見せてくれた偶然に感謝した。」「私は吐息した。死ねば私の意識はたしかに無となるに違いないが、肉体はこの宇宙という大物質に溶け込んで、存在するのを止めないであろう。私はいつまでも生きるであろう。私にこういう幻想を与えたのはたしかにこの水が動いているからであった。／さらに幾夜かがあった。中隊を出る時三日月であった月は次第に大きさと光を増して行った。片側の嶺線からのぞき込むように現われると、谷を蔽う狭い空をさっさと越え、反対側の嶺線に隠れた。そして光だけ、長く対岸に残っていた。その整然たる宇宙的進行は、私を嘲るように思われた。」「次の私の記憶はその林の遠見の映像である。日本の杉林のように黒く、非情な自然であった。私はその自然を憎んだ。」

初めに引用した、感覚を快くゆさぶる自然は、『俘虜記』にも描かれている。「死の観念はしかし快い観念である。比島の朝焼、夕焼、椰子と火焔樹（かえんぼく）は私を狂喜させた。こうして最期のときが近づいた確実なしるしであると思われた。」

私がそれを末期の眼というのは、「最期の時が近づいた確実なしるし」としての快感が、自然によって喚起されているからである。この末期の眼は、ニューギニアの絢爛たる自然はそれ自体で自足し、感情をゆさぶるものがなかった、といった尾川正二にはなかったものである。尾川はまだその時、大岡の作品の主人公たちより元気であったから。

『俘虜記』以上に、心理や感情・感覚を自然と一体のものとしてとらえた『野火』が、風景としての野火を表題としたことは偶然ではない。飢えと疲労でよろめきながら歩く田村は、遠く煙をあげている野火を絶えず意識する。ためらいつつも、そこに引き寄せられるように彼は足を引きずってゆく。煙の下にはフィリピン人がおり、彼らは敵であることを田村は知っている。兵に徹している人間なら、敵地に足を踏みいれることはしなかったであろう。が、彼は兵であることをすでに放棄していた。そればかりか、人間であることすら自分に禁じようとしていた。その前に、フィリピン人に小屋で会った時、田村は「これは私が生涯の終りに見る、数少ない人間の一人であるべきであった」（傍点筆者）

と死の覚悟を自らに課した人間である。

ところで田村は、なぜ野火に惹かれるのであろうか。火に対する人間の原初の郷愁がそうさせるのであろうか。それも否定できない。尾川正二と同じ、人間への渇望であったことも確かであろう。が、それだけではないような気がする。すでに田村は、「一人の無辜の人を殺し、そのため人間の世界に帰る望みを自分に禁じていた。」

彼は裁かれねばならぬ人間として自分を自覚していた。裁くのは神か。いや彼は神を信じてはいなかった。キリスト教をロマンティックな教養として信じ、ほどなく棄教した少年の日ははるかに遠く、懺悔する神はどこにもない。内心を責め抜くには気力も体力も衰えすぎている。そういう田村に、野火こそは彼の罪を裁き、その魂を救済するものであったろう。日本では神に代るものが感覚的な自然だ、といったのは加藤周一であるが、ここでの野火は、まさしく田村にとってそういうものであったろう。「人間の世界に帰ることを自分に禁じていた」彼は、裁かれることをも求めていたはずである。彼は熱帯の風物が快感を呼び起こしたとき、「私を訪れた『運命』という言葉は、もし私が拒まないならば、容易に『神』とおき替え得るものであった」といったが、こうして神が代位されるのも、少年期のキリスト教体験の潜在意識であろう。

とすれば、煙の下にいるフィリピン人に殺されることは、裁きの完了と考えてもおかしくはない。野火もまた神の代位であるならば、そこを目指すのは、母なる大地に還ることであったろう。彼は最期まで機械人間ではなかった。そしてこの神の意識は、この作品の主題をなす人肉食の問題に引き継がれる。

田村は戦友からもらった同胞の人肉をそれとは知らずに食う。また彼は、自分を殺そうとした戦友の手榴弾で千切れた自分の肉を食う時、「私の肉を私が喰べるのは、明らかに私の自由であった」ともいっている。しかし彼は、次々と同胞を殺し人肉食をする永松を、神の代行者として殺すのである。「私は怒りを感じた。もし人間がその飢えの果てに、互いに喰い合うのが必然であるならば、この世は神の怒りの跡にすぎない。／そしてもし、この時、私が吐き怒ることができるとすれば、私は天使である。私は神の怒りを代行しなければならぬ。」

飢えのあまり、将校の屍体を切り取ろうとして、田村が剣を抜いた時、剣を持った右の手首を、左の手が抑えた。「汝の右手のなすことを、左手にして知らしむる勿れ」という天上からの巨大な声を彼は聴いた。「起(た)てよ、いざ起て……」という次に起こった歌声に促されて、彼はその屍体から離れた。

敬虔な信仰者ならそれを神の声というであろうし、無神論者ならそれを良心の声と呼ぶにちがいない。いずれにしてもその語彙がキリスト教圏のものであることはいうまでもない。このとき彼が誰かに見られていると感じる「誰か」も、神でもあり、良心でもある。

この人肉食体験は彼の精神と生理に深い痕跡を遺し、戦後、彼は精神病院に入院する。あらゆる食物を拒否した時期もあり、食膳を前に叩頭する儀式が慣わしとなった。精神を患う彼は、「野火を見れば、必ずそこに人間を探しに行った私の秘密の願望は」、戦争に熱狂し、人肉食までする「人間共を懲らすつもりで、実は彼等を喰べたかったのかも知れなかった」と推理するのである。「彼等を喰べたかった」「私の傲慢によって、罰に墜ちようとした丁度その時、あの不明の襲撃者によって、私の後頭部が打たれたのであるならば」、そしてその襲撃者が神によって遣わされたのであるならば、「神に栄えあれ。」

この作品はこう結ばれている。が、彼の精神はそれによっては自足しない。彼の好きな言葉でいえば、愚劣な人間たちが再び戦争を画策している現代を座視できないからである。

「現代の戦争を繰る少数の紳士諸君は、それが利益なのだから別として、再び彼らに欺されたいらしい人達を私は理解出来ない。恐らく彼等は私が比島の山中で遇ったような目に遇うほかはあるまい。その時彼等は思い知るであろう。戦争を知らない人間は、半分は子供である。」

原爆を投下するような新しいボタン戦争は、戦争を繰ることで利益を受ける「少数の紳士諸君」をも、「再び彼らに欺されたいらしい人達」をも当然、絶滅させるにちがいない。わずかに残った人々が核の冬を迎え、人肉を食いあうであろう。核抑止力を信じ、軍縮増強に狂奔する者たちに、その覚悟ができているのであろうか。歴史を欺き、過去を忘却する者たちは、そのことで未来から復讐されるだろう。

第四章　戦場における兵士の心理——石川達三『生きている兵隊』について

皇軍？

一九三七年十二月の南京攻撃戦の過程で、中国軍捕虜や中国民衆が多数、日本軍によって虐殺された南京事件については、日中学者たちの調査研究、旧日本軍兵士の陣中日記、手記、体験告白などによって次第にその全貌が明らかにされつつある。いまや南京事件まぼろし説は完全に破算した。にもかかわらずまぼろし説を固執する者は「皇軍」無謬（むびゅう）観を堅持したいからであろう。南京事件が「皇軍」によって引き起こされたとなると、「皇軍」の「皇軍」たる存在理由が失われるからである。彼らにとって「皇軍」は正義の軍隊であり、そうでなければならない。それゆえ、彼らはもともと真実に耳を傾ける誠実さのない、頑迷固陋（がんめいころう）のイデオローグといえよう。それに取って変ったのが、死者を少なく見積もる被害軽微派である。しかし、彼らの主張する五万内外にしても大虐殺である事実は動かない。まことに魯迅がいったように、「墨で書かれた虚言は、血で書かれた事実を隠すことはできない。／血債はかならず同一物で返済されねばならない。支払いがおそければおそいほど、利息は増さねばならない」（「花なきバラその二」竹内好訳）のである。

言論の自由のなかった戦時下、「墨で書かれた虚言」が横行した。しかし、いつかは真実は明らかにされる。いつまでも隠しおおせることはできない。言論統制が厳しかった戦時下においても、南京事件の片鱗は巷間にも洩れてきた。専制政府や軍部にも、帰還兵士やジャーナリストの口まで完全にふさぐことは、できなかったのである。真実を追究する文学者が虐殺の事実を見過すはずはなかった。当時、従軍していた石川達三は事件の一端を『生きている兵隊』に描いた。あくまでもそれは一端で、全貌にはほど遠かったが、その一端でさえ作品の四分の一は伏字削除の姿で発表せざるを得なかった。ところが、それを掲載した『中央公論』(三八年三月号)は即日発売禁止となり、作者、編集長、発行人、印刷人は起訴され、作者と編集長は禁錮四ヶ月、執行猶予三年、発行人と印刷人は罰金刑に処せられた。

石川達三の『生きている兵隊』は、西沢部隊の北中国、大連、揚子江遡行、南京攻略戦への経過を追いながら、将兵たちの心理分析に主眼を置いた作品である。心理分析といっても当然、戦争や殺戮に対する反応、変化ということであって、ジョイスやプルーストふうの心理主義ではない。戦闘や殺戮を「意識の流れ」に収斂するには、題材があまりにも重すぎる。それに人間心理の反応や変化は平時の場合より、戦闘や殺戮といった「強度の経験」(ニーチェ)、つまり極限状況のなかで顕著に現われるから、戦闘や殺戮を不問に付すことはできない。中国を初め、のちの東南アジアで日本軍がしたことは「殺しつくし奪いつくし焼きつくす」燼滅(じんめつ)作戦であったが、石川の作品にもその片鱗は描かれている。それは南京攻略戦の過程に行われたもので、そこから私どもは、南京事件の概略を想像することはできる。もちろん片鱗であるゆえ、実体はこの作品からはつかめない。しかし、このような野蛮な軍隊ならば、相当むごい仕打ちを中国人にしたことはほぼ察しがつく。が、当時の権力者は、「皇軍」の威信を失墜させる野蛮行為の表現は一切許さなかった。伏字削除された個所は枚挙にいとまがない。こうして日本軍の「殺戮」、「掠奪」、「強姦」などが伏字にされ、兵士たちの心の荒廃を描いた最後の二章は全文削除される。

この作品を読むと、日本軍が中国民衆をあたかも虫けらのように扱ったことが判る。正当な理由もなく非戦闘員も、日本軍の恣意によって殺される。たまたま兵士の虫の居所が悪かったり、勝手にスパイと決めつけられたりして、中国民衆は一命を失うのである。さながら殺人は日本軍にとって遊戯に等しい。一握りにも足らぬ砂糖を盗んだ科で殺される中国青年もある。遊戯というより、加虐の快感を満たすための殺人すらある。侵略軍の不可避な生態の一つであろう。明治以降の中国人蔑視のほか、日本の近代化が未成熟であったため、軍全体に人権意識が欠け、特に捕虜を不名誉と考える偏見が、捕虜や投降者の虐殺をもたらしたのである。

追撃戦ではどの部隊でも捕虜の〔傍線は伏字の部分、以下同じ〕始末に困るのであった。自分たちがこれから必死な戦闘にかかるというのに警備をしながら捕虜を連れて歩くわけには行かない。最も簡単に処置をつける方法は殺すことである。しかし一旦つれて来ると殺すのにも気骨が折れてならない。「捕虜は捕えたらその場で殺せ」それは特に命令というわけではなかったが、大体そういう方針が上部から示された。／笠原伍長はこういう場合にあって、やはり勇敢にそれを実行した。彼は数珠つなぎにした十三人を片ぱしから順々に斬って行った。

捕虜に対する国際法を遵守する気持など日本軍には毛頭なかったたし、兵士自体、そんな国際法があることすら知らなかったであろう。前述のように捕虜を不名誉なものと教育されてきたから、中国軍捕虜を人間並みに扱わなかったし、自身が捕虜になることを恥じた。文明国の軍隊のように、精一杯戦った上、捕虜になることは何ら不名誉ではないという考えは、日本軍にはなかった。それに捕虜を後方に送る手だても、彼らに与える食料もなかった日本軍は、足手まといの捕虜は、「最も簡単に処置をつける」しかなかったのであろう。そこから得られる結論は、多数の捕虜の生命を保障できないような軍隊は、近代戦をする資格はないし、してはならない、ということである。シベリアに日本将兵を長期抑留し苦役を課したソ連も、捕虜を拉致する資格のない国であった。作品に戻れば、追撃戦でさえ前記の通りであったから、本隊の攻防となった南京周辺の戦闘では、非戦闘員も無差別に殺傷された。

十四日(注・十二月)城内掃蕩。商店街の到るところに正規兵の服がぬぎすててある、みな庶民の服に着かえて避難民の中にまぎれこんだのだ。青天白日旗が飯店の料理場に棄てられており、青竜刀とゲートルとが陶器店の二階に放りだしてあるという風だ。本当の兵隊だけを処分することは次第に困難になってきた。

そういう次第で、投降兵もことごとく処分されたとみるほかはない。「庶民の服に着かえて避難民の中にまぎれこんだ」正規兵であっても、戦闘能力も戦闘意志もない人間は捕虜として処遇し、生命を保障するのが国際法の定めであり、文明国軍隊の倫理である。が、野蛮国の軍隊にはその倫理が欠如していたから、無差別の大虐殺を引き起こした。

捕虜や投降者、民間人の無差別虐殺は、食料掠奪(現地掠奪主義)、強姦と並ぶ野蛮国軍隊の特徴といえよう。石川は現実掠奪主義に対し、「無限の富がこの大陸にある、そしてそれらは取るがままだ。このあたりの住民たちの所有権と私有財産とは、野生の果物の様に兵隊の欲するがままに開放されはじめたのである」と書き、日本軍の強奪行為を暴いている。多数の捕虜の生命を保障できない軍隊は近代戦をする資格がないことは前述したが、このことは、軍隊の食糧を自給自足できない軍隊にも当然あてはまる。その点で日本軍は盗賊の集団であるばかりでなく、前線兵士を餓死させた棄民組織でもあった。掠奪が物資ばかりでなく、女に及ぶのは当然といえよう。

彼等は大きな歩幅で街の中を歩きまわり、兎を追う犬のようになって女をさがし廻った。この無軌道な行為は北支の戦線にあっては厳重にとりしまられたが、ここまで来ては彼等の行動を束縛することは困難であった。(中略)道徳も法律も反省も人情も一切がその力を失っていた。

もちろん文明国の軍隊にも強姦はある。しかし、日本軍が中国で行なったほど大規模で組織的なものはなかったろう。それが目に余る蛮行であったためか、「日本軍人の為に南京市内二個所に慰安所が開かれた。彼等壮健なしかも無聊(ぶりょう)に苦しむ肉体の欲情を慰めるのである。」

日本兵の欲情の犠牲になるのは中国娘である。彼女たちがどのような経緯で性奴隷にさせられたか、石川の記述はそこにまで及んではいない。しかし、日本軍の数々の蛮行から類推して、強制であることはほぼ間違いない。人権思想のない侵略軍なら強制に良心の疼きは感じなかったろう。「彼女等の身の安全を守るために、鉄格子の入口には憲兵が銃剣をつけて立っていた」という記述からすれば、軍の関与は明らかである。純然たる民間施設なら、日本憲兵が監視するはずがない。現在、旧軍人の証言によって明らかになっていることは、慰安所の設営、管理、輸送などにわたる軍の関与である。

このほか『生きている兵隊』には、強制を証明する記述がある。慰安所設営者が車中で兵士に話しかける言葉がそれである。

五十近い年齢の男で、その話によると最近日本人の女たちを連れて渡って来たのであった。突然の命令で僅に三日の間に大阪神戸付近から八十六人の商売女を駆り集め、前借を肩替りして長崎から上海へ渡った。それを三つに分けて一班は蘇州、一班は鎮江、他の一班は南京まで連れて行った。契約は三年間であるけれども事情によっては一年で帰国するか二年になるかも分らない。

誰の「命令」であるかは明記されていないが、「命令」はおカミよりのものという社会通念からすれば、命令者は政府や軍部、または県知事あたりとみて大過ないであろう。それでもまだ日本の女だから「契約」を取りかわすが、朝鮮半島、中国、東南アジアの性奴隷に対しては、無契約であったばかりか、性奴隷でないと偽って強制連行したことは、彼女たちの証言によって明らかである。強制連行を証明する資料がないことをもってそれを否定する者たちは、さまざまな証言が虚偽であることを実証する義務がある。大体この種の資料が戦後まで保存されていると考えるのが頓馬であろう。

この挿話の事実性は、今となってはそれほど重要ではない。これにかかわる証言があるからである。ただ私の感じとしては、この挿話は事実であったと思う。日本軍の掠奪、殺戮、強姦、火付けなどの石川の記述がすべて事実であることからの私の類推である。それに「僅に三日の間に大阪神戸付近から八十六人の商売女を駆り集め」、蘇州、鎮江、南京に振り分けた、という記述も具体的である。石川が丹念に調べて書く作家であることを考えると、この挿話だけが虚構であるとは信じ難い。

以上のような事実を含め、戦闘に伴う、また戦闘前後の混乱と掠奪と破壊により、南京の荒廃と惨状は目を覆わしめるものがあった。それは近代兵器の破壊力の強大さを物語るとともに、戦争による軍隊の精神の荒廃の象徴でもあった。倉田少尉は将校たちとの夕飯の席で次のように問いかける。

「南京市として失われた富が幾十億あるだろうか。僕は戦争の勝敗は別としても、この戦争が日本の国内でなかったことを心から有難いと思うな。国富は失われ良民は衣食にも苦しみ女たちは散々な眼にあって、これがもし日本の国内だったとしたら君たちどう思う?」／すると一人の小隊長が言った／「自分はもう南京は復興できんと思いますな。まあ三分の二は焼けて居ります。」

が、将校たちの誰も、中国の国富を失わせ、良民に塗炭の苦しみを強いている日本の戦争目的に対する疑問や、蛮行をほしいままにしている自軍将兵への批判や反省はみられない。石川自身の戦争観も示されていない。権力者のいう「東洋平和のための暴支膺懲（ぼうしようちょう）」論に石川は疑問を抱いたのではないかと想像するが、仮にそうであったとしても、それを公表することは出来ない時代であった。

戦闘

『生きている兵隊』は戦記文学ではない。確かに戦闘描写はあるが、大岡昇平の『レイテ戦記』のような形の戦記文学ではない。この作品の特徴は前述したように、戦争に対する将兵の心理の反応と変化の分析にある。結論をいえば、戦場において人間はいかにして非人間に成るか、ということである。それほどに戦場は人間を変える。

いかなる名分による戦争、例えば正義の戦争といえども、戦場に投げ出された兵士にとっては、戦闘とは理念や観念ではなく、殺し合いにほかならない。遠距離の砲・射撃戦なら敵の姿はほとんど見えないが、殺傷力は塹壕戦の個対個を超えて大きい。近代戦は機械力、組織力に依存するから個対個の争いは極度に少なくなるが、日中戦争ではまだ塹壕戦がかなり行われていた。これは殺傷力は小さいが、刺したり突いたりの戦いであるため、双方の兵士の断末魔の姿を目撃する。刺した相手の血しぶきを自分が浴びることも稀ではない。砲撃による悲惨も言語に絶するが、人間心理に与える影響という点では、相打つ肉弾戦も地獄絵であろう。惨鼻を極めた戦闘状況は兵士の目に焼き付き、彼等兵士の呻吟（しんぎん）は耳の奥から離れない。平尾一等兵もまたそうである。

膝の上に頬杖をついて炎を見つめていると平尾の敏感な神経がまた乱れはじめた。そうなって来ると彼は自分が危なくてたまらない気がするのである。気が狂うようないやな気持ちであった。神経が統制を失ってばらばらに崩れて行く、それに従って頭脳が撹乱されるに違いないと思うのだ。彼は必死になってこの錯乱と戦わねばならなかった。何とも言えない苦しい不安な戦いであった。／「自分の小隊では今日の塹壕戦で、俺が一番さきに飛び込んで行った！」／彼は突然大きな声でそう言った。相手は誰だか分らない。火のまわりに坐っている兵士たちというよりもむしろ穴の中で焼けつつある戦死者に向って言っている様なうつろな気持であった。しかもこの大言壮語を中止したら自分の方がたまらなくなる事は分っていた。

大言壮語はいうまでもなく強がり、自分を誇張してみせることである。なぜ人間は大言壮語するのか。それは自分の卑小さにたえられないからである。平尾一等兵の卑小さは不安や錯乱として現われる。実は不安や錯乱は、彼が人間であることの証ではあるが、兵士にとっては邪魔なもので、不安や錯乱を戦友に見せることは兵士にとって不名誉であるばかりか、自分の神経を消耗させ、精神錯乱に到らしめる。外に対する虚勢と、内なるせめぎあいの不安から自分を防衛するためにも、平尾一等兵には大言壮語が必要だったのであろう。戦場にいる間、彼は常にそうせざるを得なかった。それは彼が常に不安や錯乱に悩まされたということにほかならない。南京占領直後、彼は戦友と急造の飲み屋に出掛けて行く。その時も彼は酔いにまかせて、母親の死に号泣し続ける娘を殺した時の模様を、日本芸者に「やや誇張的に話しはじめた。それも亦一種の大言壮語であった。」

激情と苛立ちによって無辜（むこ）の民を殺すほどの冷酷な人間も、その冷酷な行為によって罪障感にさいなまれるのである。冷酷な行為は終生、彼の脳裡から消え去ることはないであろう。彼は生きている限り苦しみ続けるしかない。平尾と同じことをしてきた兵士たちの、生涯にわたる苦しみようを私は知っている。戦場にある兵士に、その苦しみ、不安や錯乱を忘れさせてくれる唯一のものは、戦闘である。無我夢中の戦闘だけが、兵士に考える時間を与えないからである。不安や錯乱は考える時間とともに兵士を襲う。考える時間を奪われることは、兵士にとって救いである。考えない兵士が強いといわれるのは、殺戮に耐えるまでに神経が強靭になるからにほかならない。新兵教育とは、兵士から考える習性を奪うことであり、考えない人間に仕上げてゆくことである。戦闘は生死を分ける行為であるゆえに、不安や錯乱に襲われるゆとりはない。射撃する人間は目的以外のことは考えない。もちろん死の恐怖による錯乱はあるにしても、それは罪障感が誘発する名状しがたい不安とはちがう。倉田少尉はこうした不安から逃れるために、あえて戦闘を望むものである。

部隊はもう一両日のうちに次の戦闘に向うという話だ。期待するものはそれであった。早く戦争をしたい、常に戦って居りたい。兵隊は戦争にあっては戦うべきもので反省すべきではないのだ。

反省とは人間が人間であることとの不可欠の資質である。反省心を失えば、人間は他の生物と区別できないとさえいえよう。まさに人間とは「考える葦」にほかならない。考えることとは、反省することでもある。倉田少尉がいうように、不安とは「結局それは自分が生きていることとの不安」なのであり、それを哲学者の言葉では、人間の実存意識と呼ぶ。

もちろん、戦場にあるすべての人間が、殺戮行為によって不安や錯乱に襲われるとは限らない。なかには反省心を失った人間もあるにちがいない。石川達三はそういう人間の典型として、医学士あがりの近藤一等兵や従軍僧片山玄澄、笠原伍長を造型している。スパイ容疑の若い女を殺す近藤は惨忍そのものである。

彼は物も言わずに右手の短剣を力限りに女の乳房の下に突きたてた。白い肉体はほとんどはね上るようにがくりと動いた。彼女は短剣に両手ですがりつき呻き苦しんだ。恰度(ちょうど)標本にするためにピンで押えつけた蟷螂(カマキリ)のようにもがき苦しみながら、やがて動かなくなって死んだ。立って見ていた兵の靴の下にどす黒い血がじっとりと滲んでいた。

殺したあとも彼は「格別に惨酷すぎたとは思わない、スパイであれば当然の処分であった。ピストルで殺すのも一刀のもとに心臓を貫くのも同じことだ。ただ彼が思うのは、生から死への転換がこうも易々と行われるということであった」という感慨だけである。

「生から死への転換」を易々と行ったのが自分であるにかかわらず、その自覚と、それへの反省が彼にはない。初めからそうであったのではないと思う。殺戮の連続が、それに伴う心の傷みを失わせていったはずである。医者といえば仁の技師と呼ばれるように、癒しの技術者であろう。当然、生命の尊厳への敬虔の念がなければなるまい。しかし、「生命が軽蔑されている」戦場では医の倫理は通用しない。近藤一等兵の「インテリゼンスは出征以来ずっと眠っていた」というより、「戦場では一切の智性は要らないのだ」と考えざるを得ない体験を積み重ねたことが、彼を人間として荒廃させたにちがいない。生命の尊厳意識を磨耗させるまでに、戦場は人間を荒廃させる。それゆえ女殺しの前歴があるにもかかわらず、「俺あまた女を殺したくなって来た」とうそぶくのである。大言壮語によって不安をねじ伏せる兵士とは違った形、つまり自分を悪の権化にすることによって、悪を日常化してしまう。良心の介在を許さないところまで悪に徹するしかないのであろう。したがって、彼をたしなめ、彼の良心を喚起する芸者を拳銃で射ち負傷させる。彼の良心は意識下にねじ伏せられていたのである。完璧に良心が喪失していたら、彼の苛立ちはなかったろう。

一方、片山玄澄も非道惨忍さにかけては近藤に劣らない。これが仏の教えを説く者か、といぶかざるを得ないほどである。

いま、夜の焚火にあたって飯を炊きながらさっきの殺戮の事を思い出しても玄澄の良心は少しも痛まない、むしろ爽快な気持でさえもあった。従軍僧はどこの部隊にもついているが、彼ほど勇敢に敵を殺す僧はどの部隊にも居なかった。

従軍僧は従軍看護婦同様、戦闘員ではない。死者を葬る職能者としているだけである。にもかかわらず片山は容赦なく敵を殺す。これには歴戦の修羅場をくぐり抜けてきた西沢部隊長をも唖然とさせる。西沢は「幾千の捕虜をみなごろしにするだけの決断をもっていたが、それと共にある一点のかなしい心の空虚をも感じていた。この空虚を慰め得るものが宗教であろうと思っ」ていたのにかかわらず、従軍僧は「空虚を慰め得る」人間ではなく、その対極にある人間に過ぎなかった。「医学士の近藤一等兵がそのインテリゼンスを失ったように、片山玄澄もまたその宗教を失ったもののようであった」というのが、石川の見解である。おそらく石川は、自分の宗教観を、西沢部隊長の口をかりて語ったのであろう。

笠原伍長はもともと、「平尾一等兵のように錯乱しがちなロマンティシズムもなく近藤医学士のように戸惑いしたインテリゼンスもなく、更に倉田少尉のような繊細な感情に自分の行動を邪魔されるようなこともなかった。彼はどれほどの激戦にもどれくらいの殺戮にも堂々としてゆるがない心の安定をもっていた。要するに彼は戦場で役に立たない鋭敏な感受性も自己批判の知的教養も持ちあわせていなかったのである。そうしてこの様に勇敢でこの様に忠実な兵士こそ軍の要求している人物であった」と、石川は笠原を分析する。

そうであればこそ彼は、下士官になれたのであろう。いわゆる「鬼軍曹」の類型である。戦場で最も頼りになるのが「鬼軍曹」であるといわれる。日本軍が精強であったのは、こういう下士官の層が厚く、兵士が彼らにしごかれたからであろう。彼らの多くは農村出身で、貧困や苦役に耐えてきたので、「戦場へ来るまえから戦士に適した青年であった」といえる。

以上の人間造型は石川達三の創作である。事実そのままではない。が、それをもって絵空事とはいえないであろう。石川は虚構を通して、人間の、兵士の真実に迫ろうとした。ただその比較分類が石川の観念によって整理されすぎている、という印象を私は持つ。例えば彼らの心理を「勇敢さ」を通して分析するあたりに、私はそれを感じる。石川によると笠原の勇敢さは、「その裏をかえせば直ちに乱暴さにも変化し得るという欠点があった。そこへ行くと倉田少尉の勇敢さはその裏をかえせばむしろ感傷的な温和さが表われて来るもので」あり、平尾一等兵のそれは、「やや自棄的なまたは嗜虐的な色彩をおび、強いて言えば発狂にちかい勇敢さで、その裏をかえせば結局出てくるものは彼のロマンティシズムの崩壊に際しての狂暴な悲鳴であった。だがその狂暴な悲鳴もながい戦場生活がつづくならば、やがてどの方角かに妥協点を見出し自分の気持の安定をさがし出さなくてはならない筈であった」というふうに明快に分類される。

しかし、このような心理の脈絡を支離滅裂なものに解体してしまうのが戦場ではあるまいか。このほかにも石川は第九章で各人の心理の比較分析をしているが、これも前車の轍（てつ）で、論理の整然さがかえって読者を索然とさせる。作者の既成の論理や常識が、戦場の兵士の無軌道によって崩壊する苛立ちや戸惑い、混沌や混乱の過程そのものの追究がなかったことが惜しまれる。

＊付記

従軍慰安婦記述を、中学校教科書から削除することを求める人たちの根拠は「慰安婦は民間業者に伴われた公娼だった」、軍や官の関与を裏付ける公文書はない、ということにあった。ところが、軍の関与を証明する中国側公文書が見つかった。朝日新聞（一九九九年三月三十日）によると、一九四四年から四五年にかけて、天津特別市政府警察局で作成された報告書には、日本軍天津防衛司令部から、同警察局への指示内容が詳述されている。以下その要約。

「防衛司令部からの通知は同年（一九四四）五月三十日にあり、①河南へ軍人慰労のため『妓女』百五十人を出す②期限は一ヶ月③借金などはすべて取消して自由の身にする④速やかにことを進めて、二、三日の内に出発せよ―などの指示があった」。最終的には「八十六人が『慰安婦』として選ばれ、防衛司令部の曹長が兵士十人とともにトラック四台で迎えに来た」が、半数の四十二人が逃亡したという。このほか、四五年七月にも、山東省莒県第一四三七部隊ほ派遣先とする慰安婦徴募の記述がある。

以上によっても明らかなように、従軍慰安婦問題の本質は、公娼か否かにあるのではなく、本人の意に反して強制連行されたか否かにある。

なお、南京事件については、小野賢次氏のすぐれた研究があり、この問題の集大成といえよう。拙文は当時の文学者の批判を秘めた一例として提出した。

第五章　軍部告発の文学――五味川純平・高木俊朗

Ⅰ　五味川純平

《内面を示すような辻政信の肉声》

私は辻政信の肉声を、ラジオで一度だけ聴いたことがある。アナウンサーのインタビューにこたえたもので、どんな話だったかは覚えていない。ただ話し方が甚だ倨傲(きょごう)であるばかりか、いかにも国士気取りで、不快感を抱いたことだけは記憶している。彼がまだ参議院議員だった頃で、それから間もなく、東南アジア行脚に出掛け、行方不明になったのだと思う。

私は自分が小心臆病なため、豪傑風の大言壮語で、人を威圧する人間が嫌いである。中身が空疎だから、大風呂敷をひろげ、人を煙に巻くのである。辻政信もこの種の人間であることが、私にはすぐ分かった。私の知人にはこの種の人間はいなかったが、これをごく小さくしたようなのはいて、私は近よらなかった。

私が辻政信を嫌いだったのは、そのためばかりではなく、陸軍参謀時代の、彼のしてきたことを、少しばかり耳にはさんでいたからである。もちろん、嫌いになるほどであるから、芳しい評判ではない。その悪評を不動のものとし、彼の肉声を聴いた時の、彼への不信感、嫌悪感を確証させてくれたのは、五味川純平の『ノモンハン』と『ガダルカナル』である。

『ノモンハン』は辻政信を主人公とした作品ではない。一九三九(昭和十四)年五月十一日、満蒙国境ノモンハン付近の国境紛争に端を発する、日本関東軍とソ連・外蒙軍の戦闘経過が、この作品の筋書きである。五味川はこの戦闘を通して、日本軍の構造的宿痾(しゅくあ)と、高級軍人たちの異常な精神構造を解明し、告発する。この高級軍人の一人が辻政信である。

ほとんど常に、国境紛争は、双方の主張が対立する。いずれも、自己の正当性を固執するからである。ノモンハン事件もその例外ではない。が、双方に話合いで解決しようという熱意と誠意さえあれば、何も戦争に訴えることはないのである。ノモンハンは戦闘終結後、「ノモンハン事件前からソ蒙側が主張していた線に決った。それはまた、その地域が、歴史的慣習的に境界とされていた線にほぼ符合していた」という。

要するに、「その地域が、歴史的慣習的に境界とされていた線」を尊重すればいいのである。ところが関東軍は、この原則を守らなかった。関東軍の方針を是認した陸軍中枢、および政府もまたそうであった。なぜか、関東軍に特にその傾向が著しかったソ連の国力と戦力に対する過小評価、それと一対をなす自国、自軍に対する過大評価である。ソ連の国力や戦力などはそれほどのことはない、ここで弱腰になれば、相手に乗じられるだけだ、強固に自説を主張し、国境線を押し返そう。そのためには戦闘に突入するのもやむをえない。戦えば敵を一挙に撃破粉砕する、というぅぬぼれ、誇大妄想である。したがって、国境紛争を平和的に解決しようとする方策は、第一義のものとはならない。その結果、「一万八千の壮丁(そうてい)〔軍役〕が空しくホロンバイルの草原に滅んだのである」と、五味川は怒りを込めて告発する。

何の根拠もなく、彼らは敵を甘く見て、殲滅するなどと壮語する。奇怪な神経である。孫子の兵法の人口に膾炙(かいしゃ)された部分くらい、軍事とは縁のない地方人にとってさえ常識である。外蒙騎兵がこんなに沢山の戦車を持っていようとは誰しも考え及ばなかった、と書かねばならぬような事実を、山県支隊の戦闘を通じて経験した辻参謀が、何故軽軽しく殲滅できると考え、幕僚一同がそれに疑念をさしはさまなかったのか。

彼らが孫子の兵法の初歩的原則さえわきまえなかったのは、五味川もいうように、高級軍人たちの独善的で空疎な精神主義、増上慢(ぞうじょうまん)(おごり高ぶること)にある。それが野心(冒険主義)と功名心、人命無視思想と結びつくと、計り知れない犠牲をもたらす。それを不幸にも実証したのが、ノモンハン戦闘であり、アジア・太平洋戦争であった。

《武器より精神が優位》

あえて科学的精神といわなくても、正常な思考によって判断すれば、中国との戦争さえ片付かないのに、米英に宣戦布告をすることなど、狂気の沙汰であった。米英の国力、戦力を正当に分析すれば、敵にする相手では絶対なかったのである。日本は戦争遂行に必要な工業生産力は圧倒的に劣り、石油備蓄は乏しく、総合戦力において、勝利の確率はゼロであった。国家指導者も軍部もそれを認めたくなかった。

この事実を冷静に比較分析する兵法家としての条件を、日本の国家指導者、軍首脳、高級参謀たちは具備していなかったのである。逆に、国力、戦力が劣位にあるからこそ、不足分を精神力で補おうとする、精神主義の妄想につかれてしまった、といえる。

いや、正確にいえば、補おうとするのではなく、武器より精神を優位においたのである。そのために武器を軽んじ、精神力を過大評価したため、軍事力の近代化がおくれ、日露戦争時代の兵器と戦術で現代戦を戦い、将兵の犠牲を大きくした。日本軍得意の肉弾攻撃は、日露戦争時の乃木将軍が、二百三高地攻略戦で行った愚策の繰返しであった。

戦争において、確かに精神力、いわゆる敢闘精神は不可欠である。だが、それも兵器あってのことで、精神力は兵器の代行をすることはできない。敵も同等の精神力がある、とみるのが兵法家の常識であり、その敵を凌駕するのは、用兵の妙と、優秀な兵器である。ところが、物量を軽んじた日本軍部は、相手の精神力をあなどること甚しかった。大和魂にくらべるならば、毛唐(けとう)どもの精神力など物の数ではない、とうそぶいた。身のほど知らずの夜郎自大というほかはない。

それに、精神力の重視というときこえはいいが、根底にあるものは人命無視の思想である。旧日本軍では、古兵たちが新兵を、「お前らの代りは、一銭五厘でいくらでも集められるが、兵器は限られている。それに大元帥陛下からの御下賜品(ごかしひん)だ。あだおろそかに扱ってはならない」と、常に説教した。ことほどさように、日本軍隊では、兵士は消耗品にすぎなかった。扱いは軍馬以下で、身を鴻毛の軽きに置き、天皇のために生命を捨てることが臣民にとって最高の名誉、道徳という教育を、徹底的に叩き込まれた。

この人命無視の思想の帰結が、戦争末期の特攻隊(特別攻撃隊)になることはいうまでもない。そのほか、人命無視の思想はいたるところにあらわれる。食糧現地調達もその一つである。名目は現地調達でも、実際は、占領地域住民からの略奪にほかならない。兵隊に十分な食糧を与えないから、彼らは現地住民の食糧を略奪するしかない。補給が途絶えれば、南方各地の日本兵がその例だが、餓死するしかなかったのである。補給の目安のないところに大軍を配置したことは、軍首脳が兵士の生命を無視したあらわれで、生命を尊重する軍隊なら、補給の保証のされない地域に、軍隊を派遣したりはしないはずである。食う物も食わせず、敢闘精神、大和魂で戦えというのでは、近代軍隊の資格はない。まさしく日本軍隊には、近代精神は皆無であった。このため、戦争末期の南方各地には、日本兵の餓死者が続出した。私の次兄も、西部ニューギニアで餓死した一人である。辛うじて生還した戦友の話によると、餓死の苦しさから逃れようと、敵機が襲来すると、ジャングルから這い出して、標的になろうとしたという。辻政信が作戦指導したガダルカナルの日本兵もそうで、五味川は怒りを込めて弾劾する。

兵隊を激戦に投入するのは仕方がない。だが、飢餓が忠誠の必須の条件であるのかどうか。給養兵額の計算ぐらいははじめから立っていたはずである。定量給養ぐらいは確保して兵を奮戦させるのが、後方の高等司令部ではないのか。……兵隊は、戦争の善悪を問わないとすれば、戦士であるから、戦って死ぬのは仕方がない。だが、何十日も飢える義務など、国家に対しても、天皇に対しても、ましてや将軍や参謀などに対して、負ってはいないのである。(『ガダルカナル』)

これは独り軍隊のみでなく、明治以降の日本社会と日本人の前近代性に起因している。西洋先進国よりおくれて資本主義の仲間入りをした日本は、近代化の化粧はほどこしたが、上べだけで、内側は旧態依然としていた。近代の中核としての市民的自由、基本的人権の保障という内実が伴わなかった。もともと村落共同体意識が強く、自我意識が乏しく、集団帰属に馴れていた日本人の心性を悪用し、明治以降の国家指導者たちは、天皇と国家の股肱(ここう)(酷使する者)として国民を育成した。このマインドコントロールが功を奏し、尽忠報国、天皇の赤子としての鋳型人間が生まれたのである。人権尊重の意識は国家指導者はもちろん、国民にも欠如した、畸型的「近代」日本が現出したのである。

にわか普請の日本が、国力不相応に富を注ぎ込んだのが軍備で、富の蓄積は、農民と労働力の収奪の結果であった。明治の富国強兵政策は、海外侵略と植民地獲得を念頭においていたからで、日清・日露戦争は、朝鮮、満洲支配をめぐる日清、日露の争いで、正当な戦争でなかったことはいうまでもない。

司馬遼太郎は日露戦争を防衛戦争と評価しているが、正しくない。防衛戦争とはいうまでもなく、侵略者に対して、国を守るための戦いであるが、ロシアは当時、日本を侵略していない。ロシアの東方進出は事実であったが、現実に日本が侵略されたわけではない。あのまま放置すれば、ロシアは日本を侵略しただろう、というのは推測にすぎず、そうでなかったかもしれない、という推測も可能である。日本国は、朝鮮、満洲を勝手に日本の生命線と称し、生命線を守るためにロシアに宣戦布告したというが、もしこの論理を適用すれば、予防線の名目で、いかなる侵略も正当化されてしまう。それに、予防線と判定するのは、出兵する側であるから、その判断は自国中心の恣意にすぎなくなるのは必定であろう。

日本国は、富国強兵政策と、国内統一によって、日清・日露戦争で勝利した。清・露両国の国内事情に助けられた辛うじての勝利であったが、それがかえって、軍隊の人命無視思想を助長した。もともと工業生産力が低く、資本の蓄積も底をついた状態で、苦戦を強いられた果ての勝利であったが、勝利したことで、日本軍隊の精神主義の体質、人命無視の思想を改め、兵器優先の、軍隊近代化を怠ったのである。根底に、兵士は消耗品という、抜きがたい前近代的意識があったからである。

それればかりではなく、勝ったことによって、列強の国力と戦力をあなどる増上慢におちいってしまった。列強恐るるに足らず、われに大和魂あり、の狂信にとりつかれることとなった。それでも、明治の国家指導者や軍人には、まだ彼我の国力と戦力を、比較的冷静に分析する合理的精神が健在であったが、昭和に至ると、政治家、軍人を問わず、孫子の兵法を歯牙にもかけない無知、無謀、倨傲な者たちが国を支配し、国策を誤らせた。精神主義の妄想は、荒唐無稽な神州不滅論と表裏一体である。彼らがロスケなどとあなどりさげすんだロシア、ならびにソ連のほうが、はるかに科学を重んじ、ノモンハン戦闘においても、兵器や装備の欠陥や不備が分かると、即刻、改善し、損害をなくすことに努力した、と五味川は書いている。

ソ連軍は、たとえば、戦車を火焔瓶で焼かれると、発火しにくいディーゼル・エンジンの戦車を直ぐに繰り出して来たという。物量があればこそだが、なければ強がりは云わないことである。／日本軍は、一度やって失敗したことを、同じ方法、同じ兵力で、二度三度やろうとした。他に手がないから仕方ないというのでは、近代的な戦闘を組織することはできないのである。……極論すれば、戦闘に必要な弾薬、火砲、水、糧秣は乏しく、面子だの郷土の誉れだの不惜身命だの不用のものが多すぎた。……ソ連軍の指導者と日本軍の指導者とでは、戦闘についての考え方が根本的に異なっていた。そのもっとも顕著な現われは、一方は戦闘員の生命を惜しんで打撃効果を上げるように戦闘を組織していたのに対して、他方は戦闘員の生命を鴻毛の軽きに置くことに些かも疑いを抱かないことである。

五味川がいうように、「なければ強がりは云わな」ければいいのに、逆に、物量何するものぞ、われにはそれを補ってあまりある敢闘精神あり、と虚勢を張り、大言壮語した。そして、孫子の兵法を重んじた合理主義を、米英かぶれ、腰抜け、と罵倒さえした。装備の劣っていた中国軍相手なら、この狂信もさほど馬脚をあらわさなかったが、ソ連軍や米英軍を前にしては蟷螂の斧にすぎなかった。完膚なきまでに破砕されても、物量に負けただけで、精神力では勝っていた、などと負け惜しみをいった。物量で負けていることは戦う前から分かっていたのだから、そんな戦いをしたこと自体、国民への背信ではないか。ある将校は、潤沢な物量にものをいわせる米軍を卑怯だ、といったが、曳(ひ)かれ者の小唄である。これでは「飛び道具とは卑怯なり」という忍者漫画の発想で、忍者漫画は滑稽ですむが、現実の戦闘は、二つない生命の生死にかかわる。物量に頼るのを卑怯だ、という将校によって指揮された軍隊は悲惨である。五味川のいう通り、こういう将校が多かった日本軍隊は、近代戦を戦う資格がなかったのである。

《捕虜は恥――死の奨励》

日本軍隊の人命無視の思想のあらわれとして、捕虜となることを恥とすること、陣地死守の、死の奨励がある。一九四一(昭和十六)年、『戦陣訓』というのが作られた。将兵の身の処し方を説いたもので、このなかに、「生キテ捕囚ノ辱カシメヲ受クルナ」と書かれている。捕虜になることは恥だから、捕虜になるより、武人の名誉のために死を選べ、というのである。それ以前から、軍隊にはこの捕虜感は根強かった。

あきれはてた捕虜感である。これは将兵の忠誠心を信じないことと、人命無視の思想に因る。捕虜になることを認めると、生命を惜しんで本気で戦わない、すぐ降伏する、と考えたのであろう。捕虜になるより死を選べ、というのは、捕虜交換後、再び戦力として活用できる道を閉ざすことで、戦力をそれだけ減退させる非合理な考えではあるが、人はいくらでも補充できる、という人命無視の思想が根底にある。

欧米先進国の軍隊では、捕虜を恥とする思想はない。立派に戦い、状況が不利になった時、やむなく捕虜になったのだから、恥とするのは当たらない、と考えるのである。当然のことで、戦闘には必ず勝敗があり、それに伴い、部下の生命を救うための集団降伏もあれば、個人投降もある。抗戦がこれ以上は無意味と判断されれば、集団降伏や個人投降は当然であろう。無駄に死ぬことはないからである。

それを日本軍隊は認めなかった。この道理が理解できなかった。したがって、捕虜になったのち原隊に復帰した者を、丁重に迎えることなく、冷遇したり、より危険な最前線に飛ばしたり、指揮者には自殺を強要した。不可抗力で捕虜になった場合でも、例外は認めず、処遇は冷酷非情であった。自分たちは安全圏にいて、生死の境で悪戦苦闘した果て、やむなく捕虜になった将兵に、情容赦なく、厳罰でのぞんだ。捕虜になる将兵は例外なく怯懦（きょうだ）で、恥を忘れた人間、とみなしたのである。無能無謀な高級参謀たちの、愚劣な作戦がもたらした捕虜であることが多かったにもかかわらず。

百方手段を尽くして戦い、万策尽きて捕虜となった者を罪に問い、または問責する根拠を、陸軍刑法は誰にも与えていないのである。もしそれが、懲罰、迫害、問責に値するのなら、これまでに詳述してきた戦闘経過の随所に見出される敵情の誤判、独善的で稚拙な作戦指導、非合理かつ無謀な統帥、経験から戦訓を抽き出さずに性懲りもなく同じ過失を繰り返した司令官や参謀の罪は死に値する。……事実は、責任の重いはずの者ほど処罰は軽かった。司令官や軍参謀で、自ら自決を選んだ者や責を負わされて自決させられた者はない。……第一線の連隊長の多くは、戦死するか、戦闘の最期的段階で自決するか、自決同様の戦死を遂げている。あるいは、後退した責を負わされて自決している。

いったい司令官や軍参謀は、陣地がどうしても守られない、これ以上そこに止まることは部下を犬死にさせることだ、と判断し、後退を命じた前線指揮官を、何の権限があって処罰するのであろうか。これでは将兵を死なせること自体が、戦闘目的になってしまうではないか。戦闘目的は、生か死かの二者択一ではなく、勝利のための合理的・効率的な用兵であることすら、頑迷固陋な高級軍人たちは分かっていなかったのである。こうした近代戦を戦う資格を具備しない軍人たちのために、死ななくてもいい将兵たちが犬死にを強制されたのである。

これらの壮丁は、界標もない国境の争に投入されて、空しく散ったのだ。紛争を意図的に拡大した参謀たちの愚劣な野心と、将軍たちの軽薄な功名心が、自分たちは死なずに、これら壮丁を殺したのである。

五味川はみずからの関東軍兵士の体験から、こう告発する。許せないのはノモンハン戦闘の参謀だった辻政信や服部卓四郎が、ノモンハンの失敗を反省することなく、同じ愚劣な野心によって三年後、ガダルカナルやニューギニアで、ノモンハン以上の犠牲を将兵に強いたことである。そこから五味川は、次のように痛烈に結論する。

不思議なことに、有能な参謀は概して戦闘惨烈の極所を担当しない。惨烈の極所から身をかわす可能性を持った者が、前線将兵に惨烈の極所を与える如く作戦する。しかも名声を傷つけない。想像するに、彼は、その上級者としてよほど凡庸な将軍たちに恵まれたのである。

もちろん、ここでいう「有能な参謀」とは、俗評を皮肉に踏襲したまでで、実際は無能ということであることはいうまでもない。辻政信は一部の人たちから「有能な参謀」と称えられたらしい。例のはったりと、はでな立ち回りのためであろう。それかあらぬか、辻は戦後、参議院議員に当選した。おそらく、彼の冷酷な人命無視の過去を知らない国民に支持されたのである。国民は戦争中と同じようにまた騙されたのである。愚劣な人間を選良とする国民もまた、愚劣というほかはない。

Ⅱ　高木俊朗

《傑出している『陸軍特別攻撃隊』》

特攻隊を忠勇義烈として讃える回想記や映画は、かなりの数にのぼっている。そのすべてを読み、観たわけではないが、私の知るかぎりでは、特攻隊のとらえ方が皮相で、隊員の心理の深奥に迫る作品はきわめて乏しかった。死を前提としたというより、死ぬことが自己目的ですらあった特攻の、極限状況への感情移入が強く、特攻を導入した軍の構造的矛盾のなかで、隊員の死の意味を解明するところまでゆかない作品が多かった。

いわば自殺攻撃に等しい断末魔の戦闘状況のなかで、隊員たちはよく戦った、と私は思う。私なら精神錯乱におちいったかもしれない。戦死が名誉とされた時代とはいえ、死は最大の恐怖であり、春秋に富んだ青年であっただけに、生への執着もまた強かったはずである。それを抑え、動転することなく身を処したことは見事といえる。

が、そうであればこそ、前途有為の青年を、無謀な特攻によってなぜ死なせねばならなかったのかが、深く問われねばならない。それが生き残ったものの責任であり、義務であろう。その点、数ある特攻隊作品のなかで、日本軍の構造的矛盾と欠陥を剔出(てきしゅつ)し、兵士の心情を的確にとらえたものとして、高木俊朗の『陸軍特別攻撃隊』は、傑出している。

五味川純平は『ノモンハン』のなかで、「戦力は所詮、生産力・国力に見合った程度を超えることはできない」と書いたが、特攻隊はまさに、それを実証する悲劇であった。

高木の『陸軍特別攻撃隊』は、フィリピンに配属された第四航軍と第五航軍の特攻隊、万朶(ばんだ)隊と富嶽(ふがく)隊を題材にしている。当時、報道班員として現地にあった高木は、新聞が書けなかった事実、新聞報道と裏腹な事実を、この作品で描いた。なぜこの時期、特攻隊が編成されたかが、高木が追求する主題で、前節で述べた日本軍の精神主義の体質、人命無視、それに五味川の指摘した生産力の問題と相渉る。高木もまた、「特攻隊が主力化したのは、その根本は、日本の軍需生産力が底をついたためであった」と、本質を射止めて誤またない。

《虚勢を張り強制した無意味な死》

当時、米機動部隊は、フィリピン派遣日本軍を殲滅するための上陸作戦を展開中であった。空母、戦艦をはじめとする米機動部隊は続々と集結し、空母より発進する空爆に、日本軍は被害甚大となった。迎撃しようにも飛行機は乏しく、その虎の子も、撃墜・撃破等で、底をついてきた。日本本土からの救援機も、生産力の衰退によって激減し、到底、米機動部隊と対等に戦う力はなかったのである。賢明な兵法家なら、ここで降伏の道を選んだにちがいない。戦って逃れるにも、すでに退路は断たれていた。制空権・制海権は米軍が掌握していたからである。とすれば、わずかの兵器と食糧をもって戦い、フィリピンの山中に逃れ餓死するか、降伏かの二者択一しかなかった。外からの救援が絶対不可能な以上、そうするしか道はなかった。状況は緒戦、マッカーサー将軍が日本軍によって、フィリピンを追い出された時とはまったくちがっていた。あの時は、撤退する余力を十分に残していたし、豪州という後方基地があった。

しかし、あの時、米軍が持っていた条件が日本軍にはなかった。そのことを将軍たちは考えるべきであったのに、虚勢を張り、降伏を選択肢の一つとみなかった。無意味な死守の思想である。守られる確率がまったくないのに、面子(めんつ)にとらわれ、絶望的な闘いを続行した。そのために死ななくてもよい幾万の将兵を殺し、病死、餓死させ、フィリピン国民にも、多大の犠牲を強いた。それだけの犠牲を払っても、戦局好転に何の影響も与えなかったのである。犬死にほかならない。

特攻隊はこのような頑迷固陋な将軍たちの、自殺作戦の一環として採用されたものである。発案者は参謀本部(大本営陸軍部)第二課航空班長の鹿子島隆中佐と、同班の矢作(やはぎ)十郎少佐だといわれるが、承認したのは軍上層部であり、推進したのは現地司令官や参謀たちであった。彼らに共通するものは空疎な精神主義、人命無視の思想であり、日本軍の体質と構造的矛盾が生み出すべくして生み出した、最低最悪の戦術にほかならなかった。こういう無謀な戦術に訴えざるをえない軍隊が、世界最大最強の米軍に闘いを挑んだこと自体、狂気の沙汰といわざるをえない。

米機動部隊を攻撃する場合、十分な掩護戦闘機を伴った爆撃機の出動が、兵法の常識であるが、戦闘機・爆撃機とも不足していた日本軍は、数百キロの爆弾を搭載した爆撃機を、米戦艦に体当たりする戦法を採用したのだが、これは戦法といえるものではなかった。なぜなら、いかに死の確率の高い戦闘とはいえ、絶対生還のできない、死を前提にした攻撃は、戦術の名に値しないからである。戦闘指揮者は、いかに苛酷な条件のなかでも、将兵の生の確率の残された戦術を採用しなければならない。これは戦術の鉄則である。死はあくまでも結果であって、前提であることは許されない。

任務遂行が死を不可欠とする戦術の部隊を、正式に編成するのは統帥の道に反する、という意見が大本営からあがった。さすがに、邪道の戦術を用いることに、人非人といえども、いくらか気のとがめることがあったのであろう。が、本心は、天皇の統帥を汚すおそれがある、という理由であって、将兵の無駄死にを防ぐための、人権思想に因るものではなかった。統帥の道に反しない、という名分が立てば、特攻には異存なかったのである。苦肉の策として生まれたのが、特攻隊攻撃は志願した者によって行う、とする姑息な名分であった。日本軍隊のご都合主義と形式主義を暴露してあますところがない。

志願しない者は卑怯、怯懦、愛国心と天皇への忠誠を欠くとして糾弾される日本軍隊で、自由意志に基づく志願は成り立たない。志願せざるをえないようなところにまで、将兵を追い詰めておきながら、特攻は命令ではなく志願だった、というのは厚顔無恥である。特攻を拒否する自由、拒否しても迫害、差別されない自由など、毛ほどもないことは自明ではないか。それでなくてさえ、皇国史観に洗脳され、正義の戦争と信じていた青年たちは、卑怯者、不忠者という汚名は着たくなかったはずである。

そして、実際、現地においては、志願ではなく命令であった。高木はこの作品で、それを証明してゆく。次は鉾田教導飛行師団の福島尚道元大尉の証言である。

《特攻隊は志願では絶対なく、全くの指名であった。特攻精神などというものは事実存在しなかった。これらは軍部の案出した架空の宣伝文句に過ぎない。万朶隊隊長岩本大尉も、富嶽隊長西尾少佐も、特攻攻撃には全く反対であり、命令には服従したが、忿懣やるかたなかった》／という事実は抗弁の余地のない事実であります。

《》の文章は、特攻隊を題材にした高木の作品のなかのものである。こうした指令説に対し、あくまでも志願説に固執する者もあるにちがいないが、それは有効な反論ではない。仮に志願であったにせよ、前述のような条件と環境のなかでは、志願も指令も区別はできないからである。

では、岩本大尉や西尾少佐の反対の根拠は何か。「どのように腕前を発揮しようとしても、敵戦闘機に対する火器もなく、敵戦闘機や敵の対空砲火から逃れる操縦性能もなく、部隊行動さえ困難なこの特攻機は、操縦者の訓練や技能を全く無視するものである」という、兵法の常識に因る。要するに、米機動隊と対等に戦う飛行機のない、追い詰められた状態から、窮鼠猫を咬む特攻の持つ矛盾を正しく指摘したのである。得るものは絶無で、失うものは人命と飛行機だからにほかならない。航空戦をする能力のない軍隊が、飛行機で乾坤一擲の勝負を挑む、ということ自体、自殺行為であることは自明ではないか。

にもかかわらず、司令官や参謀たちは、戦果が上らないのは敢闘精神が欠如しているからだ、という精神主義で、戦局が悪化すればするほど狂暴になり、特攻隊員にあたり散らした。隈部参謀長は、たまたま視察にきた特攻基地で、連日の疲労を癒すため、隊員が休養しているのに立腹し、懲罰出撃を命じている。敵目標をとらえることが困難な、雨天にもかかわらずである。

《軍上層部への批判》

参謀たちの虫の居どころによって、兵法を無視した衝動的命令は常習で、富永恭二司令官も例外ではなかった。理性と正常心を失い、精神錯乱の症状を呈したのである。支援戦闘機なしの、白昼の重爆撃機による特攻命令がそれである。速度のおそい重爆では、敵目標に達する前に、敵戦闘機によって撃墜されることは必定だが、この初歩的常識さえ、逆上した富永司令官には分からなかった。

特攻隊を直接あずかる小川飛行団長は、富永の狂気の命令で出撃する特攻隊員に、「くれぐれも、むだに命を捨てるな。目的達成が困難であるとわかったら、即座に帰ってこい。飛行団長は、みんなの帰るのを待っているぞ」と、無駄死にをいましめたという。小川は痛憤おさまらず、『所感録』に上層部批判を記した。

飛行団ノ全力九機ハ菊水隊ヲ編成、出撃シテ行方不明トナル。敵空母六隻ニ対シ、蟷螂ノ斧ヲ振ルウニ似タルカ。カクテ飛行団ハ戦力零トナル。飛行団長ノ面目ハナク、責任大ナリ。実際問題トシテ、ハタシテコレデヨキカ。タダ『壮烈』『名誉』『旺盛ナル責任観念』『任務ニ邁進』ナドト、精神主義ノ優越ヲモッテ遂行セントスルニ非ズヤ。コレ吾人ガアラユル教育ニヨリ、タタキコマレタ精神主義、優秀意識ヲ満足サセタルノミナリ。壮烈ノ快感トヤイワン。実行ノ力、実行セシメンタメノ組織ト努力ヲキワメズシテ、ナンノ戦イゾ。科学的ナラザルベカラズ。科学ヲモッテ、コレヲ解決セザルベカラズ。指揮官、参謀ナド壮烈ノ快感ニ自己満足スルハ禁物ナリ。『特攻ハマコトニスマヌコトデアッタ』ト思ワザルベカラズ。恥ジヨ。航空ノ消長ハ、国ノ生死ヲ定ム。
(一九・一二・一五)

至言である。自殺攻撃に反対でありながら、抗命できなかった小川飛行団長の苦衷が偲ばれる。彼は出撃した部下への悲痛な思いを、前日の『所感録』に、「実行部隊ハコレヲ実行ス。黙々トシテ実行ス」と記しているが、この言葉のなかに、部下への謝罪と、富永司令官への無言の抗議が秘められている。

隈部参謀長といい、富永司令官といい、まるでサディストのような振舞いである。富永は離陸に失敗した田中軍曹に、「特攻隊のくせに、お前はいのちがおしいのか」と罵倒した。人格破綻者というべきであろう。田中軍曹は再度の離陸直前、富永に、「田中軍曹、ただいまより自殺攻撃に出発いたします」といって、飛立った。精いっぱいの抗議である。

富永にかぎらず、みずからは安全な場所で、苛酷かつ非合理な命令を発した高級参謀たちは、小川飛行団長のいうように、「神を冒瀆(ぼうとく)」するの徒輩であった。この者たちが、生死の境をくぐって、なおかつ機の故障、あるいは敵機動部隊の発見に至らず帰還する隊員を、「この臆病者。よく、のめのめと帰ってきたな。」「貴様は特攻隊なのにふらふら帰ってくる。貴様は、なぜ死なんのだ」とののしったのである。死の強制、死の自己目的以外のなにものでもない。

小川飛行団長は「恥ジヨ」と痛憤した。しかし彼らは少しも恥じなかった。恥を知らない徒輩であったから、出撃する特攻隊員を見送る訓辞で、最後は自分も行くと、日本刀を振り回しながら約束した富永司令官は、フィリピンが危険だ知ると、詭計を案じ、いちはやく台湾に逃亡した。戦後まで生命を保った彼は、高木の特攻隊作品が映画になると知り、くれぐれも隊員を冒瀆するようなものにしないでくれ、と注文を出したという。

なんという破廉恥であろうか。フィリピン時代の自分の言動が、特攻隊員を冒瀆する最たるものであることに気付いていないだけに、救いようがない。救いなのは、小川飛行団長や特攻を邪道として反対した航空総監部教育課長・秋山紋次郎大佐のような将校が、何人かいたことである。抗命していれば理想的であったが、自決を強要された当時では、それまでのぞむことは苛酷である。ちなみに、ノモンハン戦闘では、部下を犬死にさせないために、独断で陣地を後退した指揮官(連隊長)の多くは自決している。まことにおぞましい軍隊である。

戦後、自分たちの精神主義、人命無視、功名心などのため、幾多の将兵を無為に死なせた(殺した)ことを、どれだけの司令官や参謀たちが反省し、責任を感じたろうか。まことに、天皇を頂点とする無責任の体系は堅固である。上が輩が多かったのではないであろうか。まことに、天皇を頂点とする無責任の体系は堅固である。上が率先して責任を取らず、責任を感じないから、下はそれにならう。それゆえ、高木俊朗は『陸軍特別攻撃隊』下巻「あとがき」でいう。

日本の国内でも、軍国主義の傾向を警戒する論議が多くなった。だが果たして、日本に軍国主義が復活したのだろうか。私が戦記を書くために取材をつづけてきた立場からいえば、軍国主義は復活したとは思えなかった。それは、むしろ、軍国主義が残っていたといえるようであった。／軍国主義を考えるために、密接な関係があるのは、戦争責任の問題である。戦後に戦争責任を追及しなかったから、軍国主義が生残ったともいえる。しかし、それよりも、軍国主義が生残っていたからこそ、戦争責任を追及しなかったのではないか。

まことにその通りである。正当な戦争責任論、侵略や植民地支配の批判や反省を、東京裁判史観、自虐史観などとおとしめる者たちは、歴史の認識者ではなく、歴史の歪曲者にほかならない。過去への反省もなく、日本の蛮行に責任を感じない者は、再び蛮行に手をかすにちがいない。その者たちに私は、魯迅の言葉(『花なきバラその二』竹内好訳)を呈したい。

墨で書かれた虚言は、血で書かれた事実を隠すことはできない。／血債はかならず同一物で返済されねばならない。支払いがおそければおそいほど、利息は増さねばならない。

それにしても、戦後の政治家、官僚、財界人をみていると、いかに無責任が構造化し、体系化しているかを痛感せざるをえない。彼らは旧軍人と同じように、自分たちの政策の失敗、企業悪の責任を進んでとったためしがない。国民に塗炭の苦しみをなめさせながら、詭弁を弄し、責任を逃れてきた。その根底にあるものは、旧軍人同様の人命無視と無責任の体質である。

高度経済成長の頃から、日本の「経済大国」化に幻惑されたのか、西洋近代と異なる型で、日本は近代文明社会を築いたとか、「文明としてのイエ社会」構造が、産業の近代化をもたらしたとか、間柄の人間関係を、近代的自我と同質にみるとかいった、日本の伝統や文化への手放しに等しい称賛があらわれたが、人命軽視、無責任の体系が、構造的なものとして官界、財界、政界を串刺ししている前近代性を彼らはどう説明するだろうか。政治家の利益誘導、選挙の腐敗、収賄政治家を当選させる選挙民の倫理のなさ、政・財・官の腐敗した鉄の三角形など、とうてい近代社会とはいえないのではないか。民主主義、近代市民社会の未成熟というほかはない。

《特攻隊の美化》

猪口力平・中島正の『神風特別攻撃隊』は、海軍特攻隊を素材とした記録である。著者が当事者であるため、高木俊朗のような特攻隊批判、軍部告発の姿勢はない。

海軍特攻隊の発案者は大西滝治郎中将(当時、第一航空艦隊司令長官)といわれている。大西は成算があって特攻作戦を敢行したのではない。といって、僥倖心に頼ったのでもない。前掲書によると、「この神風特別攻撃隊が出て、しかも(われわれが)万一負けたとしても、日本は亡国にならない。これが出ないで負ければ真の亡国になる」という理由から特攻隊発想で、精神主義の帰結といえよう。

彼は敗戦後、特攻隊創始者として、多くの将兵を死なせた責任をとり自決する。その遺書の一通を次に写す。

特攻隊の英霊に曰す。善く戦ひたり、深謝す。最後の勝利を信じつ、肉弾として散華せり、然れ共其の信念は遂に達成し得ざるに至れり。吾死を以て旧部下と其の遺族に謝せんとす。／次に一般青壮年に告ぐ。／我が死にして軽挙は利敵行為なるを思ひ、聖旨に副ひ奉り、自重忍苦するの誠とならば幸なり。隠忍するも日本人たるの矜持を失ふ勿れ。諸子は国の宝なり。平時に処し、猶克く特攻精神を堅持し、日本民族の福祉と世界人類の和平の為、最善を尽せよ(同前)。

このような遺書、あるいは既述の富永恭次の卑怯な身の処し方との比較で、大西滝治郎を美化する言説もあるが、私はそれに与しない。大体、特攻隊が出なければ亡国に至る、という考え方からして独りよがりな妄想で、その妄想のために自殺作戦に動員された将兵こそ災難である。これでは生命がいくつあっても足らない。将兵の生命は、こうした将軍の、根拠のない美学、思いつき戦術によって犠牲にされてはならないものである。大西自身、特攻隊が戦術としては邪道であり、戦果も期待できないことを承知していたのだから、特攻作戦を強行すべきではなかった。それが若者への最大の償いであったはずである。

また大西は「平時に処し、猶克く特攻精神を堅持し……」という信念から推し、「特攻精神」なるものを寸毫も疑っていなかったようである。大西の考える「特攻精神」とは何か。一言でいえば「滅私奉公」であろう。言葉としては美しいが、「奉公」の公けが、不義であったことを考えれば、「特攻精神」の実質は瓦解する。むしろ、戦後の国民が戦争の教訓とすべきは、国家を相対化する批判的理性であったはずである。戦争中の国民は、批判的理性を失ったために国家に盲従し、集団的狂気に走ったのである。

特攻隊員が身を挺して劣勢を打開しようとしたことは確かである。ほとんどが進んで志願した将兵であったことも、『神風特別攻撃隊』で描かれている通りであろう。しかし、そうであればなおさら、私には痛々しい。当時の若者たちには、そうした生き方しかできなかったし、許されもしなかったという点で、痛々しいのである。

したがって、彼らの自己犠牲を、殉忠報国、至誠といって讃えることは慎まねばならない。彼らをそこまで追い詰めたものは何であったのかが、解明されねばならないのである。それを怠り、やみくもに彼らを美化することは、彼らと同じような悲劇を後の世代にもたらすことになりかねない。なぜなら、過ちを過ちと認めない人間は、何度も同じ過ちを繰り返すからである。自己犠牲や至誠の内実を問うこと、つまり、独善的な自己犠牲観や至誠観は、普遍的な意義を持たない、という反省に立脚する必要がある。

それは「真の亡国」を回避するための特攻作戦が、期待通りになったか、を検証することと表裏一体であろう。見よ！　特攻作戦があったにもかかわらず、亡国の現象は至る所に露出されているではないか。それは国民が「特攻精神を堅持」しなかったためではなく、「特攻精神」を生み出す国家の構造を変革しなかったためであることは断るまでもない。

第六章　輸送兵の眼――水上勉『日本の戦争』を読む

水上勉は一九四四年五月応召、京都伏見の輜重隊に配属された。当時、水上は郷里の分教場で助教をしていた。結核の既往症があり、徴兵検査のときは丙種で、兵役に適さないと烙印を捺されていた。が、二六歳の丙種の男を駆り出さねばならぬほど、当時の日本軍隊は兵隊が底をついていたのである。戦争が長引き、戦場は広がり、それに伴って戦傷者も多かったからである。水上と一緒に応召されたのも、どこかに体の欠陥や故障のある丙種型人間で、みな軍隊不適応者、平時なら軍服を着ることはなかった。

輜重兵とは軍馬の世話係で輜重輸卒と呼ばれ、一人前の兵隊とはみなされなかった。それゆえ、「輜重輸卒が兵隊ならば電信柱に花が咲く」とざれ歌にうたわれたほどである。本来は兵站を担う大事な兵科にはちがいなかったが、主役は馬であり、兵はあくまでも従卒であったから、歩兵や砲兵、航空兵や水兵に比べ軽んじられ、蔑みの対象となった。戦後、多くの戦争小説、戦争記録が書かれたが、私の知るかぎり、輜重兵を題材にした小説は、水上勉をおいてほかにない。体験者が少なかったことにもよるが、馬糞まみれのこの兵科は、好んで書かれる材料でなかったことも、大きく影響していたのではないか。「おそらく、全国に相当数の輜重輸卒出身の方がおられて、社会人として一家をなしておられるにちがいないが、その誰もが、口を緘して馬卒時代は話さないのではなかろうか。あまりにもみじめだったからである。」(「『兵卒の鬣』のこと」)と水上は回想している。

『兵卒の鬣』

わたしは輜重兵物語として屈指の水上の『兵卒の鬣』を読み、輜重兵を見直した。馬の世話係というと誰もが単純作業のように思っているが、とんでもない。兵器と違って馬は生き物である。それに一頭一頭、性癖を異にする。そればかりか、その日に、その時の気分しだいで、荒れたり和んだりと、常に感情に起伏がある。荷物の配分によっても感情をあらわにする。厳しい訓練に耐えられず暴れだし、従兵をてこずらせる馬もいる。何しろ兵器同様、馬も天皇陛下、大元帥から預かった貴重品とされ、損傷があった場合、従卒は責任を問われる。古兵たちは口癖のように新兵に罵声を浴びせる。

「貴様ら兵隊はいくらでも取替えができる。が、馬はそんなわけにはいかん」

そんな次第で、住む厩舎も兵卒より優っている。馬を傷つけず、大事に扱うために書かれたのが『馬事提要』であり、『輜重兵操典』である。この二書はおびただしい漢字入りで細目に亙って馬の習性を記述し、従卒の心得を詳述している。新兵たちはこれを暗記しなければならない。古兵たちは絶えず「第何条を言うてみい」「……という場合はいかなる処理が必要か」と新兵に問い、答えに窮すると鉄拳制裁に及ぶのである。日本軍隊の陰惨さはどの兵科でも同様で、私刑が加えられのは内務班の常態であり、水上も理由もわからない暴力制裁に切歯扼腕(歯ぎしり)した。あまりもの凄惨さに脱走を図った兵もおり、また発狂したり自殺した兵もいる。

人間の生存を保障しない悪条件に兵士を置くため、兵士の人間不信は募り、猜疑心は深まってゆく。希望は除隊だけで、その幻想で辛くも堪える。生きてゆくためには利己心を抑制できず、食事の際は、盛り付けの良く見えるどんぶりの席に兵は殺到する。入浴場も混雑をきわめ、湯に浸かる趣はない。勢い入るのが億劫になり、二週間、三週間も入浴せず、汗と垢にまみれ、馬糞臭を消すこともできない。ここには人間の尊厳を育てる条件が欠落している。水上は既往症をもちながらも、除隊までどうにか持ちこたえることができたのは期間が短かったことと運がよかったことに尽きる。運がよかったことは戦場に送られなかったことである。戦場に送られた多くの輜重兵は、軍馬とともに死んだ。その差は紙一重といってよかった。それゆえ、なき馬卒たちのためにも、水上はいつかはこの作品を書こうと、心に温めていたのである。「私はこれで、宿題になっていた戦争体験の空白を文学的に埋め得た喜びを持った。」と、水上は全集版「あとがき」で書いたが、実感がこもっている。

水上勉『日本の戦争』(新日本出版社)は、『兵卒の鬣』を中心に、馬卒にまつわる水上のいくつかの短編を加え、不破哲三が編んだものである。いずれの作品も水上勉作品を貫流する、下層者の悲哀が読者にそくそくと伝わる。

『比良の満月』

『比良の満月』は、一九三八年、作者が京都府臨時職員となり、満州開拓青少年義勇軍募集係として働いたときの話である。当時、日本政府は満州開拓のため青少年義勇軍を農村各地から募った。開拓といっても原住民から土地を奪うことで、実際は掠奪だった。作者は主事補の補佐として小冊子を持ち、映写機を担いで府下農村を廻り「大陸の稲つくり」という宣伝映画を上映した。小冊子もフィルムも、満州が楽土の新天地であることを謳っていた。ある集落では夜になって姉弟が訪れた。弟を義勇軍に入れたいと姉は訴えた。農地のない山間の貧しい家庭で、二人暮らしだという。弟の時岡勇は茨城県下の内原訓練所にはいることになり、そこに引率したのも作者である。所長の加藤完治は国家主義者で、精神主義教育で義勇軍を鍛えていた。部下の指導員もそれに類した人間で、入所した青少年を直ちに作業場に連れて行き、肥桶に指を突っ込み、それを舐め、濃すぎる！　と作業員に注意した。その指をぬぐう歪んだ顔の表情に、作者は気違いじみた不気味さを感じる。思えば当時は、狂人と紙一重の、この種の精神主義者が日本国に跋扈（ばっこ）し、青少年に号令を掛けていた。軍人はその典型であった。

　時岡勇は内原で訓練を経た後、満州へ渡った。そしてついに帰らなかった。おそらくソ連兵か現地人に殺されたにちがいない。「孤独な姉節子は、あの月形の渓谷で今日も健在に暮らしているのだろうかと思いをはせた時、私は、ひとりでに泣けてきて困った。――比良の満月を見たのは、その夜のことである。私は琵琶湖畔の旅館の窓から、比良山のななめ東の空を走る満月が、月形の部落を照らしているにちがいないと思った。――私は、その後、時岡勇が生きて帰ったという消息は聞いていない。そうして、まだ、その姉節子に会っていない。だが、私は多忙な時間をさいては近江に旅をして比良の月だけは、ときどき、眺めにゆくのである」

　ただこの姉弟のことは創作で、実際は母子であった。母子は一度は入所を頼んだものの、夜、水上のところに断りに来たという。その点で事実そのままではないが、事実にはちがいない。戦場に教え子を送った教師と同じ心情であったろう。

『小孩(しょうはい)』

作者は十九歳の時、満州の奉天（現瀋陽）で働いたことがある。貨物駅での貨物の管理で、事務ばかりでなく、貨物の運び方もした。身分は見習い社員で、日本人労働者の中では最下位であった。結核の既往症を隠して就職したのである。

この職場にリュウという少年が雑役として働いていた。たくさんの中国人苦力がそこで貨物の運び方をしていたが、彼らを監督する日本人職員は実に横柄で、苦力(クーリー)たちの反感を買っていた。作者はそういう仲間には与せず、小孩（中国語で子どもの意味）リュウにも親しく接しようとしたが、リュウはなかなか心を開いてはくれなかった。リュウは暇があれば日本の教科書をよんではいた。とはいえ父が日本人に酷使される苦力であったため、日本人に抱く反感は根強かった。作者にとっても希望の持てない職場で、彼は満州に来たことを悔いていた。そして逆境に音を上げず暮らしを営む中国人労働者の忍耐力と体力に畏れを感じる日々が続いたが、ついに仕事中に吐血し倒れ、翌年早々帰国した。嫌な思い出の中で、作者にとって「リュウは思い出の中の大事な人」として記憶される。当時の平均的日本人とは異質な作者の精神に私はひかれる。

『リヤカーを曳いて』

作者の兵隊体験を直接描いた作品ではない。集落のある主婦が赤痢に罹った。作者の父が隔離病舎のある町までの列車の切符を手に入れようと駅長に掛け合ったが、応召兵に伝染するおそれがあると、駅長はにべにもなく断った。やむなく父は患者をリヤカーに乗せ、作者と二人で遠く危険な山道を隔離病舎に送った。峠の道で、二人が昼飯を喰っていった頃、天皇の敗戦放送があったことを、作者は後で知る。

天皇の詔勅をきかなかった私は、終戦のことを知らなかった。——つまり誰もがラジオに聞き入っているころは、加斗坂の石地蔵の横で麦飯を食いながら、父の痔疾とリヤカーの上の友人の細君の病勢を心配していたのである。そして、眼の前には、美しく広がった若狭の海があっただけで、この時刻があとで、『歴史的な時間』となることを知らなかった。『日本の一番長い日』とか、『歴史的な日』とかいうのは、観念というものであって、人は『歴史的な日』などを生きるものではない。人は、いつも怨憎、愛楽の人事の日々の、具体を生きている。『波乱万丈の人生を生きるなどという表現があるが、そんな人でも、ひょっとしたら、その人生は何枚かの風景写真にすぎないのではないか』と、私はのちの『風景論』に書いた。

「『歴史的な日』とかいうのは、観念というものであって、人は『歴史的な日』などを生きているのでない。人はいつも……」というのは庶民の偽りない姿である。このことは、日本敗戦の日を描いた椎名麟三の「かぼちゃの花」からも明らかである。それを「歴史的な日」とか、主情でいいくるめるのは、特殊な「観念」にすぎない。

『石屋の音』

郷里の石工の息子で、作者より三つか四つほど年上の少年は墨絵が上手く、同級生や後輩たちはそれをまね、墨絵の流行をもたらしたことがある。彼は石に刻む細かい文字でも父親に似て上手かった。その松木庄吉は小学校を卒業すると上京、昼間は谷中の石工として働き、学費を稼ぎ彫刻は有名な彫刻家小倉右一郎に師事、小倉が主催する研究所で勉強を続けた。松木が文展に二回ほど特選で入り、新進彫刻家として注目されていることを作者が知ったのは、故里の分教場で助教をしていたときである。

その松木が応召された半年後、作者も伏見の輜重隊に入隊した。松木がニューギニアで戦死したことを作者は戦後知り、この才能の非業死を惜しんだ。二九歳で、かれは妻帯していた。彼の友人たちの尽力で、郷里で遺作展が開かれたのは戦後も三八年たっていた。そのなかの裸婦像のいくつかに作者はひかれた。おそらくモデルは妻であったろう。そこには少年時代の墨絵にはない躍動感があった。それだけ彼の青春は充実していたに違いない。戦争はこの恵まれた才能を無惨に奪った。そういえば彼の応召の日、何人かの応召兵のなかで、「ちょっとうかぬ顔をし」、「駅頭の雑踏のなかに去っていった」松木さんの表情を四十年近くたって作者は思い出す。おそらくこの彫刻家は、戦場に行きたくはなかったろう。が、不条理な力に抗することはできなかった。それが戦争というものの実体であった。喜んで死地に赴いた兵士など、極々わずかであったはずである。

『戦争を呪う今日を生きる』

これは小説ではない。昭和天皇死去に際し、求められて綴った感想文である。作者は「上官にへつらい、自分にも嘘をつき、だまし、狡猾に要領よく立ちまわらねば、鬼軍曹からスリッパで撲られた内務班生活」を経験し、餓鬼道に堕ちた一人であった。「戦争時代を、何の抵抗もせず、自分に欺瞞を課して、あくせく生きたみにくさが大半をしめる」屈辱と悔いの青春であった、と昭和天皇死去の日に、しきりに反省する。辛く苦しい昭和が終わり、世は「平成と改元されても、あやまちの多かったこの人生をひきずってゆくしかないのである。戦争をおこそうとする者にはあとわずかな命ゆえ、命がけで闘わねばならぬとぼくは一月七日から八日にかけて、ひとり考えた。」

私もいま水上勉に学んで、「わずかな命ゆえ、命がけで闘わねばならぬ」と、自分にいい利かせている。

第七章　芸能人の戦中日記——徳川夢声と古川ロッパ

Ⅰ　徳川夢声

《準知識人の芸能人》

日記を書くことには根気がいる。毎日同じような記述になると嫌気がさし、たいがいはやめてしまう。書く材料を切らさないためには、世事万般へのつきない興味と関心がなければならない。それはまた日記の分量をふやすことで作文力と、それに費す時間が必要になる。この両方を備えていないと、日記は長続きしない。

徳川夢声（むせい）と古川ロッパは厖大な日記を遺したが（徳川夢声『夢声戦争日記』全七巻、中央公論社、古川ロッパ『古川ロッパ昭和日記』全四巻、晶文社）、時間にそれほど恵まれていたとは思われない彼らが筆を折らなかったのは、書くことが好きだったためであろう。作文の好きな人間はおおかた、世事万般への関心が強い。夢声もロッパもそうであった。とかく芸能人というと、政治経済といったことに疎い人間が多いが、彼らはそうではなかった。それは彼らが知識人であったことと関係している。

日記は私事を中心として書くものではあるが、いかに私事でも、表現は自分を言語によって対象化することである。自分を対象化することはそんなにやさしいことではない。当然、社会と自分との関係も明らかにしなければならず、常日頃、言語による抽象思考の習慣のある人でないと、私事や世事について、一つの文章にまとめることは大変難儀なことなのである。その点、知識人はそのように訓練され、それが習慣となっている。知識人の日記が人々を飽かせないのはそのためである。

夢声は府立一中出身であり、ロッパは早稲田大学に学んだ準知識人で、ともに読書家であった。夢声は夢諦軒（むていけん）と号して俳句を作り、またユーモア小説や随筆でも一家をなし、著作も多かった。ロッパは早稲田第一高等学院時代から映画批評を書き始め、早稲田大学英文科時代は雑誌『映画時代』の編集にもたずさわっていた。父は貴族院議員加藤照麿男爵で、華族出身の喜劇作者という点、異色といえる。府立一中を出て活動弁士になった夢声もまた、その一人といえよう。

このように二人は、準知識人の芸能人ということで、知識人の日記とはちがった味を出している。それは庶民の声をかなり代弁しているということである。庶民の暮らしの上に成り立つ大衆芸能の性格を考えれば、それは当然のことであろう。比較していえば、文章は夢声のほうが練れていてうまく、洒脱である。彼の俳句はうまくはないが、散文としての日記は旅の多い職業であったため、紀行文としても読めるし、また人生観察は鋭い。「死は決して可笑しいものではない。然し、或る者が死んだという話は斯んなに可笑しくなる。〝生〟は決して悲しいものではない。然し、或る者が生きているという話は、此の上もなく悲惨な場合がある」といった箴言（しんげん）めいた観察は、ラ・ロシュフコーを彷彿させる。ロッパはこういう文章は書けなかった。モラリスト夢声に対し、彼は直情をむき出しにするほうで、文章もまた甚だ荒っぽかった。そこに二人の教養、性格、資質のちがいがある。

太平洋戦争緒戦の大勝利に日本国民の多くは歓喜し、酔い痴れたが、夢声もロッパも例外ではなかった。心情の記述も、夢声は文人派だけあって、ロッパより生彩に富んでいる。夢声は日本軍の強さにただただ呆れるばかりだと感嘆し、東条首相の開戦演説を聞き、「身体がキューッとなる感じで、隣に立ってる若坊が抱きしめたくなる。表へ出る。昨日までの神戸とは別物のような感じだ。途から見える温室の、シクラメンや西洋館まで違って見える」(一九四一年十二月八日)と書いて、描写は感動の内実を伝える。ロッパは同じ日、「切っぱつまってたのが、開戦ときいてホットしたかたちだ」と綴って、真情吐露に終っている。夢声が感動を外景とのかかわりで表わしているのは、いかにも俳句作者らしい。

ロベール・ギランは『アジア特電1937〜1985』の中で、「十二月(一九四一年)はじめのとある早暁、外務省から電話が鳴った。日米開戦！　わたしは市内へ急いだ。街頭で刷りたての号外を読んだ人びとは、茫然自失の表情だった。茫然として、驚きに声も出ない。彼らは恐怖にとらわれている。日本が愚行をおかしたことがわかっていたのだ。昼前に、新たな号外、街の拡声器が叫んでいる。ハワイで圧倒的勝利。米艦隊全滅せり。初日の、しょっぱなの朝から！　歓喜のうちに恐怖は消え、正気の沙汰とは思われぬこの危険な行動の性格に、第一日の戦果による思い上りから、世論においてはずっとあとまで表には出ないままになるだろう」(矢島翠訳)と書いているが、果たして「日本が愚行をおかしたことがわかっていた」人が何人いたであろうか。ごくわずかであったと思う。本当にそれが判っていたら、たとえ大戦果を知っても、夢声の感動とは自らちがった、かなり複雑なものになったにちがいない。

ロベール・ギランがこの日感じた日本人の恐怖心は、夢声やロッパの日記からはうかがうことができない。大国米英と戦うことへの恐怖が、彼らには露ほどもなかったのであろうか。私はそうは思わない。彼らほどの分別をわきまえない少年少女の中にすら、不安はあったのである。まして大人に脳裡をよぎる不安や恐怖がなかったとは考えられない。が、それらもギランがいうように、緒戦の大勝利が雲散霧消させてしまったのである。もし緒戦の大勝利がなかったら、この戦争への日本人の態度は、かなりちがった展開を見せていたはずである。有頂天、傲慢にならず、敵を冷静に見る眼をいくらかは持てたと思う。その点で緒戦の大戦果は日本人に(同時に関係国に)不幸な結果をもたらした。

《南方慰問で見た現実》

夢声は太平洋戦争を正義の戦争と信じた。彼は皇国史観の歴史書を読んでいて、日本人こそ人類の始祖であり、大古においては世界史、即日本史であることを疑わなかった。したがって普通の芸能人や庶民以上に、戦争を理念化し、美化していた。この頃彼は、日本に生まれた幸福に感謝するとともに、安穏にひたろうとする自分の小市民感情を戒めている。この国に生まれた幸せを感じれば感じるほど、報国の念に燃えなければならない、というわけであろう。

ロッパは日記を読む限り、そこまでは考えていない。それはロッパが、夢声のような皇国史観の持ち主でなかったからであろう。ロッパはどちらかといえば生活を享楽するエピキュリアンのタイプであった。

もちろんその夢声にしても、思弁や理念の世界だけで生きていたわけではない。庶民とのかかわりの深い芸能人は、思想やイデオロギーを生活の糧にする書斎人とはちがう。実際の暮らしの体験が、理念を疑がわせることも稀ではなかった。たとえば日本政府は大東亜戦争を、アジアを欧米植民国の手から奪い返す解放戦とふれ回ったが(夢声もそれを信じた)、実際は新しい掠奪者として、彼らの上に君臨した。ただ支配者が代っただけであった。

夢声は一九四二年十月から翌年一月にかけて前線将兵慰問のため、フィリピンやビルマを巡った。そこで見たものは日本軍、特に将校たちの頽廃であった。彼らは連日酒を浴び、女とたわむれ、軍人としての節度を忘れること甚しかった。大和部隊という名目で、日本から女を騙して連れ出し、慰安婦に仕立てた。それでも足らず、夢声たち慰問演芸団の女たちを提供せよ、といい出すほどに破廉恥であった。慰安婦たちは異国で同胞の軍隊を呪い、わが身の不運に泣いた。愚さと軽率さを自嘲する女もあったにちがいない。「なんたる陋劣！　なるたる惨酷！」というのが夢声のこのときの悲憤であり、彼は皇軍の軍記の乱れに絶望し、将兵慰問の情熱を失ってしまうのである。こうした頽廃に黙し難く大辻司郎は、得意の漫談で欝憤を晴らした。

――エー、こちらに来テ見タラ、お菓子ダロウト、牛肉ダロウト、なんでもフンダンにアルニワおどろいたデス。ソコエイクト、内地ハ今ヤあわれびんぜんでアルデス。東京ナンゾワお菓子ドコロカ、砂糖のカケラも血マナコでアルデス。牛肉ノゴトキワヒト月ニ一遍グライ、ソレモ鍋ノ中ヲ必死ニナッテ探索シテ、マルデ丸薬ミタイナ、これッぱッチのヤツニ巡り合うデス。ソコエイクト、毎日フンダンニ御馳走ヲ召シ上ッテルセイカ、皆サンノ血色ハトテモ凄イデス。あべこべにこっちが慰問サレタイデあるデス。

この漫談に痛いところを衝かれ激怒した某士官は、「皇軍侮辱ダッ！」、と抜刀して、楽屋に乗りこんできたという。乗りこまないまでも、軍刀に手をかけた将校は一人や二人ではなかったと思う。スネに傷を持つ人間ほど、逆上するものなのである。このほかにも夢声は現地で、眼や耳を掩いたくなるような将兵たちの悪業を何度も見聞している。たいそう善良で柔和な感じの人が、想像を絶する蛮行をして平気でいられる戦争に疑問を抱きながらも、本来、戦争とはそういうものかもしれない、と自分の感情を無理に納得させようとするのである。

それは夢声の神経が繊細であり、皇国史観を信じながらも理性は健在で、平衡感覚が生きていたからであろう。彼は日記のいたるところで、静江夫人のデリカシーを欠いた伝法言葉に癇癪玉を破裂させており、また、敬語の遣い方を知らない本の著者に苦言を呈しているが、それも彼の神経の繊細さを示す。彼はガサツなもの、粗放なもの、傲慢なものを嫌った。シンガポール攻略の際、山下奉文将軍が敵将パーシバルに示した態度を、彼は苦々しく思った。あのとき山下はパーシバルに、ＹＥＳかＮＯか即刻返答せよと要求し、拳骨でテーブルを叩いた。

山下将軍の態度は、甚だ厭であった。なにも、あんなにまで威張らなくても好いじゃないか、という気がした。／我軍に弾丸がもう不足していたので、参謀の言を聴き、将軍は所謂ハッタリをかけたのかもしれないが、何しろあれは名将のポーズでない。せいぜい猪武者の威張り散らしにしか見えない。武士の情など微塵も見られない態度だ。以来私はこの将軍が嫌いになったのである。

（一九四二年十二月十六日）。

このときの山下将軍の態度は多くの日本人から喝采をもって迎えられたものである。彼のこの態度、それに溜飲をさげた日本人、いずれも西洋人への劣等感の裏返えされたものであろう。夢声がそれをむしろ嫌悪したことは見上げたものといわねばならない。当時この場面を私は、ニューズ映画かなんかで見たはずであるが、そのときどんな感情を抱いたか記憶が甦えらない。

《残酷なものの認識》

こうした夢声の繊細な神経は、残酷なものや野蛮なものにふるえるのである。米機が墜落したとき、落下傘で着地した搭乗員を、鍬で打ち殺した老婆があったという話を耳にし、夢声は心を曇らせる。老爺ならともかく、老婆ということに夢声はこだわる。そこに悪鬼の形相を思い浮かべていることは明らかで、女は貞淑でなければならないという、夢声の美意識、好みのようなものが感じられる。日本の学徒三十人が、米機の機銃掃射で死傷した話よりも、老婆の話のほうが感覚には残酷なものとして訴えてくる。自分の敵愾心（てきがいしん）が足りないためかと自問はしてみるが、そのことの残酷感はやはり打ち消すことはできない。一つには鍬と機銃のちがいでもあろう。ただ昔話の民俗学から見ると、東西いずれも、老爺より老婆のほうが悪魔的に描かれやすいことは『舌切雀』やグリム童話からも明らかである。

米軍が日本兵の頭蓋骨を本土に持ち帰り、それが飾り物として居間に置かれたことが、アメリカ人の残虐性として広められたことがある。もちろん敵愾心を喚起するためである。夢声はそんなことをしてどれだけの効果があるか、と疑う。「こんな事で国民の敵愾心を昂揚させ、厭戦気分を鞭打とうという意図が見え透いていて厭である」(一九四四年八月十日)

夢声がアメリカ人のその行為を肯定しているのでないことは、「なるほど米鬼のやりそうなことである。然し新聞が大騒ぎで書きたてるほどの事件ではないような気がする」(同前)と書いていることからも推察できる。夢声のいいたいのは、自分たちがそれ以上に残酷なことをしているのに、あの程度のことを敵愾心を煽る材料として利用する新聞や指導者たちの魂胆の卑しさである。前述したように夢声は南方で、日本軍将兵の残酷さを見聞している。頭蓋骨についていえば、かつて中国人の頭蓋骨で作った盃をあげようか、と夢声は某日本人からいわれたことがあった。シンガポールにおける日本軍の華僑虐殺を思い出して夢声は辞退した。彼は日本憲兵の専横と残酷さを日頃から痛憤しており、「浜松町ハ焼野原ダ」と知人に語った友人の宮田重雄画伯が憲兵に散々しぼられたと聞いて、「ソノ憲兵ノ馬鹿野郎ヲ憎ンダ。私ハ、憲兵上リノ爺デロクナ奴ハイナイコトヲ知ッテイル」(一九四五年三月十日)と吐き捨てるようにいっている。

夢声は南方派遣日本軍将兵の頽廃を批判はしているが、彼の暮らしは決して道学者流に、法を固く守ったというものではない。大体、そんなことをしていたら、当時の日本では餓死するしかなかった。生活者にとっては法律や理念よりは、まず一身を保ち、暮らしを立てることを優先させなければならない。したがって国が求める臣民道徳には忠実ではなかった。たとえば「玄米の粥を喰いつつ、『高邁な精神』というものを考える。玄米のお粥ばかり喰べていてコーマイなる精神が養えるだろうか。世間ではこの頃、あまりコーマイでもなさそうな連中が、人さえ見れば、／『須らく、高邁な精神を持つべし』／と説いているが、どうも私自身、生れつきコーマイでないらしい」といっている。

たまたま鶴見祐輔がラジオで、米内海軍大臣が配給以外のものは喰わず、ときには雑炊食堂へ出かける、と話したことにふれ夢声は、「これは果してこの朝顔の如く純白な話であろうか？ ヤミはしないにしても、到来物が諸方から沢山あるのでは、問題にならないではないか。雑炊食堂も一度や二度、一つの経験として出かけたのでは、なにも吹聴することでない。米内さんが毎日食堂で一列に並んでるなら大したものだが。米内さんが酷く痩せたので議場は感動したそうだが、今は誰でも二貫目や三貫目は痩せた。米内さんのあの巨体で五貫や六貫痩せても不思議はない。況んや糖尿病かなんかで痩せられたのかもしれない。米内さんそのものには、私は悪意はない。ただ、配給だけでやっているという事の公表は、どうかと思う。本当なら大した事、実に立派なことだが、いろいろ訳があるのでは有難くない」(一九四四年九月九日)と書いているあたり、いかにも一言居士の真骨頂を示す。

事実は夢声のいう通りだったのであろう。意地悪な見方のようにも思われるが、権力者に対してはこのような皮肉な見方をしたほうが、真実を洞察することができる。夢声には、人間や世事万般について、これまでの体験から、まあこの程度のものだろう、という認識がある。人間を理想化したり買いかぶることがあまりない。権力者や道学者に対しても、自分の水準並みに扱う。それはそれで結構なのだが、ただ次の見解は生物の歴史をうがっているようでいて、事実は通俗的である。「私は、戦争こそ地球上の生物の常態で、平和こそ変態である。(中略)生物の歴史は、如何にして自分の種族を保つかという争闘の歴史である、といえる」（一九四三年十月二十三日）。事実は考古学者佐原真が指摘しているように、戦争が常態になったのは人間の歴史のある段階からであり、平和が常態であったことのほうが、比較にならないほど長いのである。戦争には歴史性と社会性がある。

このような通俗性は、「仮りにアメリカが日本を征服した時、ヤンキーは日本男性にレントゲンをかけ、六十年にして日本民族を地球から無くすであろう。それは単なる征服であるからだ。仮りにロシアが日本を負かした時、ロシアは日本民族を地球から抹殺しようとはしないであろう。ロシアはとにかく一つの理想をもち、その理想を実現させるべく戦争しているからである。どっちがマシであろうか？」（一九四四年三月二十一日）という実証抜きの推論になる。

また夢声は唯物とか唯物主義とかをよく口にするが、これはマルクス主義でいう唯物論ではなく、単なるタダモノ論にすぎない。おそらく彼は唯物弁証法をよく知らなかったと思う。この辺はわけ知り顔でありながら、実は一知半解にすぎない落語長屋の隠居然としている。そこから推しても夢声は、理論や思想を操作するには向いていなかった。もっともそれは芸能人である彼には致命傷とはならない。

《戦局悪化と夢声の鋭い視点》

ただ彼の感性、道理の感覚はすぐれていた。前記南方慰問の折、夢声はフィリピンで日本軍が押収したアメリカ映画『風と共に去りぬ』と『ファンタジア』を見て感嘆する。

身体が震えるような気がした。／――はて、日本はアメリカに勝てるかな？　という囁きが、しきりに耳にきこえる気がしたのである。こんな素晴らしい映画をつくる国と、近代兵器で戦争をしても、到底勝てっこないのではないか？　（一九四三年一月四日）。

夢声がそう感じた理由は、これだけの作品を完成させた資金力、機械力、機動力、精神力の偉大さである。

（風と共に去りぬの）物語全篇をつらぬく、正義観念と、その正義を実行する勇気（四人の主役を始め、他の登場人物も概ね然り）、その実行力はおそるべし。／とにかく、こういう国と飛行機や潜水艦で戦争するのは、とても無謀な話であると思われた。（同前）

ところがこの『ファンタジア』を見ると、精神面や芸術面においても、どうもバカにできない気がしてくる。ストコフスキイが指揮する名曲なるものは、世界第一流の芸術であろう。その大芸術に、ディズニーは世にも素晴らしい絵をつけて、音楽と共にそれを動かして見せる。／アメリカの民衆は、映画館でこんな大したものを見せられているのだ。／私は、第一部を見ている中に、ゾクゾクと寒む気がしてきた。／――日本は負けはしないだろうか。こんな映画をつくる国に、勝つなんてことは非常に難かしいわい！　（同一月八日）

夢声のこのアメリカ認識は、アメリカ軍の人命尊重の精神を正しく評価することにつながっている。一九四四年七月十六日、『読売新聞』に、生命を顧みない日本軍を賛え、生命を惜しむ米軍を貶めた某中佐の談話が載る。米機が撃ち落とされると、墜落地点に救命飛行艇が急航する。空からはゴムボートが投下される。着水した飛行艇は乗員を助けて飛び去る。墜落飛行機のあたりを見ると直径百米ぐらいの海が真赤に染まっているが、これは救命目標の染料が溶けたものであり、また飛行機には遭難信号発振装置がつけられており、いかに米兵が生命を惜しんでいるかが判る、というのが要旨であった。

これを読んで夢声は立腹する。

なにを言ってるんだ！　兵の命をそれだけ大切にしている米軍の態度は寧ろ立派である。何回でも助かって、何回でも戦うべしである。サイパンでは一挺の小銃を握りしめて、数十数百倍の敵を釘づけにした鬼神をも泣かしむる兵士たちの物語が伝えられる。然し、こちらは小銃なのに、敵は艦砲射撃で、戦車で、空爆である。こんな戦いを、今後もくり返すのは愚の至りである。勇士はそう無暗に出なくても好い。戦争に勝つことが肝腎だ。

当時は軍人のみならず国民の多くも、この中佐のように、生命を粗末にする戦法を大和魂と見ており、特攻隊もこのような国民精神を母胎として生まれたのである。夢声は日本軍が名誉とする精神主義や玉砕主義に、日本軍の精華を見ていたわけではなかった。彼はアッツ島での山崎部隊の玉砕に、

「まったく凄い。こんな軍隊は世界中にないだろう」(一九四三年六月一日)とたいそう感服しているが、その一方で、ガダルカナル島で残存将兵が執拗なゲリラ戦を続けていることを知り、「この記事は久しぶりで私に快哉を叫ばしめた。一年半もよくぞ頑張ったものである。偉い、これでなければいけない。玉砕よりどんなに立派かもしれない。山中鹿之助精神というか、斯ういう勇士たちこそ真に勇士だ」(一九四四年八月十七日)と激賞している。

山﨑部隊のときは玉砕が初めてであって、その衝撃が大きく、冷静な判断力を失ったと思う。前のアメリカ軍の人命尊重精神の正しい評価から推して、こちらのほうが夢声の本心であることは自明である。山﨑部隊の壮烈な玉砕への深甚な哀悼は変らないにしてもである。

戦局が日増しに苛烈になり、米軍本土上陸を予想し、一億玉砕が叫ばれ始めると、国民の不安と危機感は一段と強まった。指導者たちはこういう事態を予想しなかったのか、そういう見通しもなく戦争を始めたとすれば、日本には一人の知者もいなかったことになる。とすると、「指導者共が全部馬鹿野郎であった事になる」(一九四四年八月二十六日)と夢声は痛憤する。それはまた国民も「馬鹿野郎であった」ということでもある。そして夢声は一億玉砕にも疑問を抱く。

アメリカの言いなりになっていたら、日本はジリ貧で二流国三流国になって了う、だからこの戦争は絶対に回避出来なかった、と指導者は言う。然らばジリ貧と全土玉砕といずれがよろしき。/大和魂から言うと玉砕がよろしとなろう。生物学的に言うとジリ貧をとれとなろう。/人間を物と見るのは情けない思想だ。然し人間を神と見るのは思い上がった思想だ。人間を一個の生物として

見る、人間を人間として正視せよである。(同前)

この結論はいうまでもなく、一億玉砕反対である。夢声は民族を根絶やしにする玉砕など愚の骨頂であり、その意味でも、愚直に根強く生き抜いているユダヤ人や中国人に倣え、と力説している。

戦局の悪化にともない、反軍感情や厭戦気分が募ってゆくのは当然で、米軍の本土上陸の噂が流れ始めると、夢声は「軍人ザマア見ロデアル」(一九四四年六月二十二日)とはばかりなく悪態をつき、東条首相の辞職には会心事であると綴っている。「ザマア見ロ」といえば夢声は、空襲に備えての疎開についてもそうした言葉を口にしているが、これは必ずしも夢声が、冷酷非情であるためではない。彼は戦争や地震を予想しない都市計画のずさんさを嘲笑しているのである。また狭い場所に小さな家を建て、家賃を稼ごうとしている家主のあこぎなさに、溜飲をさげているのである。戦争がひどくなると家までこわさねばならない日本をあわれんでいる、ともいえる。

永井荷風の例でも判るように、日記を書くことにも警戒心を働かせなければならなかった日本では、夢声はかなり思い切って書いたほうであろう。一つには反軍反戦の荷風とちがって、大筋において戦争肯定、国策支持ということにもよるが、それでも軍や政府に都合悪い真情も率直に吐露している。「戦争はイヤだなア、と心の中で言う」。「敗戦は無論イヤである。然し、戦争も別にヨクはない」(一九四四年十二月九日)。「新聞などで、この戦争は必ず勝つ、きっと勝つと毎日のように繰り返しているが、そんなに勝つ勝つと念を押さねばならぬようでは心細いではないか」(一九四五年七月三日)。さらに茨城県日立市が艦砲射撃されると、日立は横須賀からそんなに離れていないのに、日本の連合艦隊はいったいどうしているのか、と疑い、またソ連が対日宣戦布告と同時に戦闘行為を始めたことを、日本政府が不法な侵犯と非難したのに、それは日本の真珠湾攻撃からいっても筋が通らない、「要するに強い者勝ちが、国際の鉄則、これに個人的道義の言葉を当てはめて、各国が自国のみ正義なりと主張するだけのこと。思えば、〝正義〟など、国際間の動向に、チャンチャラ可愛しい言葉である」(一九四五年八月九日)と政治の力学を説いて、日本の対ソ非難を曳かれ者の小唄だ、と軽くいなして痛快である。

夢声の家は空襲をうけなかったが、彼は罹災者に対しては偽善者めいたことは少しもいっていない。罹災者に限らず、他人の不幸や痛みに対しては人間、鈍感であるのを常とする。夢声はそのことを率直に記述する。焼け出された人々は気の毒ではあるが、その焼夷弾が落ちるとき、「私はそれを美しい光と見ていた。花火の如く見ていたのである。その花火から起る悲惨さを、その時は考えないのであった。あれで火事になったら大変だろうぐらいは、心の何処かで一寸思うのだが、その花火の下の人々の胸のいたむ思いはしないのである。／二十七日の五十機空襲の時も、八機編隊で来るＢ29に私はあまり敵意を感じなかった。まことにそれは美しい見ものであった。弾幕の中を堂々と乗り込んで来るこの姿に、喝采をおくりたいような気がした」(一九四五年一月二日)。

前の老婆の話と較べ甚だ矛盾した心情ではあるが、実はここに近代戦の恐ろしさがある。爆弾を落とす人間もそれを遠くから眺める人間も、死傷者が見えないために恐怖感と罪障感が湧かないのである。それればかりか、ここに示されているように、それを美しい光景として見、感じるのである。それは文明の抱える矛盾の一つであろう。

Ⅱ　古川ロッパ

《生活享楽主義のロッパ》

国民の総力をあげなければ遂行できない現代戦では、権力がもっとも怖れるのはいうまでもなく、世論の乱れである。そのため権力は国民精神を一つに統べることに躍起となり、国策を広め、あらゆるところに監視の眼を光らす。わけても新聞、出版、映画、興行などにとがらす神経は尋常ではない。ところが映画や芝居は、庶民にとっては娯楽であって、何かを学ぼうとしてそれを見るのではない。一日の疲れを癒し、明日の活力を養う人もあれば、ただ好きで足を運ぶ人もある。いずれにしても笑いや涙をそこに求めるのである。その笑いや涙まで官憲は規制しようとする。笑いが多すぎれば悪ふざけといわれ、涙過剰だと女々しいと非難される。夢声の場合は演目が『無法松』や『宮﨑滔天（とうてん）』のようなもの、またラジオでの朗読も『宮本武蔵』や『姿三四郎』のようなものであったため、検閲の受難はなく、自分の著作が若い役人の裁量で出たり出なかったりするのを苦々しく思う程度であった。

が、ロッパになると事情はちがう。彼は喜劇俳優であり、演目は喜劇を主体としていたため、絶えず官憲からクレームがついた。ナンセンスな笑いでも、度がすぎれば前述したように悪ふざけといわれるし、諷刺が鋭いと治安を害する、と上演を制限されたり、禁止されたりした。いずれの場合もそれは、喜劇にとっては致命傷である。笑いが本来の機能を演じないからである。ナンセンス喜劇は意味のない、つまり荒唐無稽な笑いによって存在理由を持ち、諷刺喜劇は権力や権威の愚劣さ、精神のこわばりを笑殺することによって、観客の反権力、反権威の感情に応える。もともと権力や権威に従っていたのでは喜劇は成立しないのである。その上ロッパは、かなり自由主義になじんでいたため、官憲の石頭にはしばしば怒りを爆発させている。

ロッパは夢声のように皇国史観を信じてはいなかったようである。ただ戦争の正しさは疑わなかった。しかしロッパには喜劇は面白く、洗練されたものでなければならない、それでなければ演じる者、見る者のいずれにも喜びはない、したがって演芸は演じる者と見る者の共作だ、という信条があった。質の高い演芸ほど見巧者(みごうしゃ)の支えがなければ成立しない、と考えていた。

そうしたロッパには、『戦陣訓』などという時局迎合の芝居は見るに耐えないものであった。読書好きのロッパはよく書店巡りをしたが、戦局が険しくなるに従って書店の棚には『少年練成』とか『××戦記』とかいったものしか並ばなくなる。それゆえ彼は、新刊本の書店に見切りをつけ、もっぱら古本屋巡りをするようになる。彼はいかなる非常時局においても、文化は質を落とした際物になってはならない、いつの時代でも芸能は芸能の精神に忠実であってこそ観客を堪能させることができる、と信じていたので、芝居にしろ本にしろ、偽物のはびこる時代に嘆息せざるを得なかったのである。映画『戸田家の兄妹』のような質の高い作品だけが彼を満足させた。

ロッパが谷崎潤一郎を敬愛したのはそのためであろう。谷崎は自分の美意識に忠実で、あの戦争中も国策文学に手を染めることなく、時局を超越した作品を書いた。単に創作だけではなく、暮らしのすべてにおいて、清貧と質素倹約の国民道徳とはちがった生き方をした。

その谷崎を訪問するためロッパは、その頃流行していた「歩け歩け」という歌の馬鹿らしさを思いながら歩いてゆく。この歌の正しい題名は「歩くうた」で、作詞者は高村光太郎である。厳しく苛烈なものを好んだ光太郎の農本主義の感性から生まれたもので、この点、彼の一連の冬の詩と精神の位相を同じくしていた。歩くことは大変結構なことにちがいなかったが、軍国主義と精神主義の風潮の中で、それは尚武の気風を養うために利用された。ロッパは太っていて歩くことが苦手であったため、「歩くうた」を馬鹿らしいと感じたのであろう。それに光太郎の農本主義感性と相容れない、彼の生活享楽主義と耽美主義が、この歌への反発の底流にあったと私は思う。

街から、商店から、電車の中から、赤や青のいろどりは失せ、道行く人々も、黒っぽくよごれている。いやな色、不吉な感じ。その中から娯楽を奪ってしまっていいのか！（一九四四年三月四日）。

こんな風に、我まちを封じられ、苦労を強いられることが、何の鍛錬ぞ、これ皆芸道の邪魔である。（同三月十一日）。

有名芸能人は市井の庶民より食糧には恵まれていたとはいえ、ロッパは健啖家であり、美食家でもあったから、食い物が次第に欠乏することは淋しい限りで、生きる喜びも半減したにちがいない。食い物の手にはいりそうなところ、うまい物を食わせてくれる店、それを知っていたら教えてくれ、と友人知己に頼んでいる。作曲家の古賀政男もロッパから声をかけられた一人である。物のない街、食う店の閉った街、それはもはやロッパにとって街ではなかった。そうまでして食い物漁りをしなければならない自分への嫌悪もあった。うまいものをたっぷり食うことは人間に認められた生存の権利であるはずで、それに執することに自己嫌悪することはないにもかかわらず、こうまで食い物が欠乏してくると、やはり餓鬼道ということが思い出されるのであろう。

《役人たちへの反抗》

「つまらない、じーんとつまらない。戦争ってものは、実に呆れた。想像もつかない結果を齎す。国民を斯ういじけさせていいのか、こう神経衰弱にしていいのか。政治家たちよ、もう何も言いたくなくなった。おん身らに愛想が尽きたのと、僕自身、もういじけてしまった」(同四月十八日)。

食い物や生活必需品の払底とともにロッパにこたえたのが、低能な官憲の検閲であった。実際、この時代の内務省、警視庁の検閲関係の役人は低能としかいいようがなく、わざわざ時代錯誤の面白さをねらって、時代劇にチューリップの花を活けたり、防諜精神として言葉を使ったりすると、その時代にはチューリップも、防諜という言葉もなかったはずだから削除せよ、と命令する。オペレッタ風のものは西洋産であるからダメ、芸者をヒロインにしたものは時局に適さないからと禁止される。軍歌以外の劇中歌は許さず、その軍歌にしても、国民服を着て歌ってはならぬ、という厳しいお達しである。お化けもまたご法度。せりふもアドリブは禁じられた。低脳役人たちは自分の気に入らない脚本は丸めて、座の担当者の頭を打つこともあった。

そうした無知蒙昧な役人たちの文化統制にロッパは歯ぎしりして口惜しがる。「小役人共のぼせあがるな」「馬鹿々々しくて話にならん」といい、怒りをそのまま文字にしている。あげくの果てに当局は、芝居の観客にまで国債を買わせ、芝居の前に役人や弁護士に時局演説をさせるようになる。

雨けぶり、いやな天気。あゝ戦争は何時終る。(中略)大詔奉戴日だからというので、何処かの役所から廻された弁護士とかゞ、開幕前に演説する、きかなかったが、『山本元帥につゞけ』てなことを言った由、日本て国は何してこう分らないだろう」(同四月八日)。「日本という国の文化の低さを、いま、しみじみと知った。自由主義華かなりし頃のいろいろな文化は、銀座の文化でしかなかったのだ。ダンス・ホールの文化でしかなかった。今、それを浸々と思う。(同四月十六日)。

この役人たちはロッパ、エノケン、シミキン、オッサンなどのカナ名の使用を自粛せよ、ともいい出した。ロッパは腹を立て、アダ名ならともかく、ロッパは歴とした芸名ではないか、よし警視庁にいってあばれてやろうとまで考えた。彼が「ユウラクザ　シガツ　コウエン　フルカワ緑波イチザシツエン」の新聞広告を思いついたのは、それへの抵抗意識である。またある玩具屋が、「此の時局に、人をびっくりさせる、いたずら玩具なんて造っては悪いとか、すまぬとか、そんなことは、さらさら思わない。寧ろ逆なのだが、こんな時世には、こっちが嫌気がさしてね、面白いものなんか作りたくなくなったので」(一九四四年六月二十日)といったことにロッパが感心しているのも、この玩具屋と共通する反抗心をもっていたからであろう。

役人や軍人の暗愚を示すものの一つに、米機来襲の際の軍管区情報がある。ロッパも名文家ではないが、この悪文には頭にきたようである。「『房総南端及相模湾の砲声は、我軍の敵艦船に対する彼我の砲声にして陸岸には依然特異なる事象を認めず』と来た。何という悪文。日本人の作った文章じゃないね、と、事の恐ろしさも悪文に対する腹立ちで忘れてしまう」(一九四五年七月二十二日)。

《戦局悪化に伴う疑問》

戦局が悪化してくると、軽演劇ファンであった人々が兵隊に取られたり、徴用工になったりして、観客層がガラリと変ってしまう。これまで軽演劇とは無縁だった層が劇場を埋める。彼らは見巧者ではないので笑うべきところで笑わず、辺なところで拍手したり、馬鹿なかけ声を発したりする。そのたびに興を殺がれてしまうのである。ロッパは観客の質の低下を嘆息する。それは彼が洗練された質の高い演劇を愛し、演劇人であることに誇りを抱いているからである。

少々センチメンタルに演ると、客もつり込まれて泣く。こういうものを然し、やってい丶のかという気が常にする。——一国の文化を代表する演劇というものが、警視庁の木っ葉役人や、大学出の若者などに、左右されている今日の日本は、大間違いだ、何とかしてこれを救わなくてはならん。(同一月三日)

公権力の芸能への不当な介入と蒙昧主義、暗愚を痛烈に批判し、怒りをあらわにしながらもロッパは、日本の敗色が濃厚となるにしたがって、芝居を続けることへの疑問と不安を抱くようになる。歌を歌っているときはそういう不安はないが、芝居をしているときはそれが脳裡をよぎる。それは歌と芝居のちがいでもある。うたうことは感情を一つに集中させることで、他の意識の介在することは稀である。それとちがってせりふは、散文と似て分析と論理によって組み立てられており、演技者の感情も、歌ほど一点に集中しない。感情はむしろ拡散される。それだけ自分や芝居を対象化することができるのである。忠義づらをした芝居をすることはやさしいが、それは次の世代の演劇人に貴重な遺産とはならない。彼らのためを考えるなら演芸の良き伝統を守らねばならない、と自分にいいきかせる。それでもときには、勝ってくれさえすれば何でも辛抱する、演芸が弾圧されても忍んでゆこう、オカミの都合に合わせようじゃないか、と弱気になることもある。

もちろんこれは本心ではない。戦局の悪化が彼の心をなえさせているのである。彼の本心はあくまでも、戦局の悪化によって自棄になり、苛立っている庶民に希望を与える演芸の創造にある。それを妨げている根源がロッパにとって戦争なのである。ロッパの厭戦感情は、反官憲感情と軌を一にする。

十月は空襲必至ということで、東京では防空訓練に狂奔しているそうだ。此の不安、やりきれない人生。誰か平和を思わざる！　（一九四三年九月二十四日）

帝都に敵は一機も入れない、鉄壁の陣だと誇っていた軍は、何をしているのだ。ラジオは『帝都上空』というのに馴れてしまったのではないか。此の惨害を、何うして呉れる。レイテ湾の戦果を感謝する一方、都民は皆、軍を恨んでいるのに違いない。（一九四四年十一月三十日）

考えちまうなア、戦争!　(中略)帰ってパン食べる何たる日本!　子供らの無邪気なる顔見ると、実に可哀そうである。世が世なら、面白くたのしく毎日送らせてやれるものを。(一九四五年二月四日)

戦争の正しさを信じ、戦争を支持した国民の厭戦感情をこれは代弁している。生身の人間は、皇国史観や大東亜戦争の理念だけで生きていたわけではないし、また生きてゆくことはできなかったのである。

第八章　単独者の思想——石原吉郎と強制収容所

刑務所の囚人としてのシベリア抑留体験

軍事捕虜としての抑留記の数は多い。特にシベリア抑留記は群を抜いている。期間が長く体験が苛酷であったことによるだろう。私の読んだのはそのなかのごくわずかだが、自己の内面を通して人間の行為と状況を、斬新な視点でとらえた詩人石原吉郎のそれは、まさに衝撃の書であった。

石原は普通の軍事捕虜とちがって、ロシア共和国刑法第五十八条第六項に抵触した科で二十五年の禁錮刑に処せられた。同じ事例に内村剛介がある。その条項とは反ソ行為・諜報にかかわる。彼が関東軍情報部、あるいは満州電電調査局という秘匿名称の関東軍特殊通信情報隊に所属していたからである。

が、もともとこの条項は国内法であり、日ソ開戦前の、他国による諜報活動に通用するのは違法であり、ソ連国民ではない外国人の「市民権」剥奪とはナンセンスというほかない。軍事捕虜を長期抑留すること自体が国際法違反であることは明らかだ。にもかかわらず、ソ連が石原に禁錮二十五年の刑を科したのは、官僚の恣意によって、法の主旨をねじ曲げることが、この独裁国では通弊であったからだろう。ソ連国民には市民的自由がなかったのである。基本的人権が保障されていない国では、他国民の生命財産を奪うことなどに、何の痛痒も感じなかったなずだ。

軍事捕虜の長期抑留もそこに原因がある。他の理由としては、第二次世界大戦においても最も被害の大きかったソ連では、極度の労働力不足があり、これを補う手段として日本軍捕虜を活用したという国内事情があった。国際事情としては、「サンフランシスコ条約の一方的締結に備えて発言権を確保するために、ソ連が手許に保留すべき日本人の数とその選別の枠」(石原吉郎『望郷と海』同名書所収)を決定していたことが挙げられる。

石原は東京外国語大学でドイツ語を専攻した。応召入隊後は北方情報要員第一期生として、大阪歩兵第三十七連隊内の大阪露語教育隊へ分遣され、ここで一年半、ロシア語教育を受けた。ソ連軍情報を集める要員養成のためと思うが、石原自身が対ソ謀略にかかわったというのではないだろう。かりにどこかでかかわりがあったとしても、石原は謀略の立案者ではなく、末端の被命令者に過ぎず、普通の軍事捕虜並みの扱いでよかったはずだ。

当の石原には、スパイとか謀略者という意識がなかったことは、ソ連軍の南下が予測されたにもかかわらず、安全圏に逃れようとはせず、ハルビンに留まっていたことからも明らかである。彼は白系ロシア人の密告によりソ連軍に連行され、シベリア送りになった。抑留後、三年の未決期間を経て、四九年四月、前記の判決を受けたのである。抑留生活は八年にもおよんだ。

その結果、未決期間の軍事捕虜から刑務所の囚人となり、強制労働が科せられた。場所も転々として変った。詩『葬式列車』は、そういう移送を回想した作品である。作業は伐採、流木、土工、鉄道工事、採石などで、これは一般捕虜と変らない。が、労働条件と給与は彼らより劣悪であった。一般捕虜でさえ劣悪であったから、それよりさらに酷いとなると、生きていることが不思議、奇蹟でさえあった。加えて、石原もいっているように、シベリアは冬と冬以外の季節しかなく、圧倒的に冬の長い酷寒地であり、寒さと飢えによる栄養失調、疾病のため、次々に命が奪われていった。ここでは生きること自体が不自然であった。残虐非情なソ連の犯罪、ここでの捕虜抑留は殺人行為といえよう。

当然、生存自体が生きることの目的となる。いや、目的という自覚さえ失われる。生物的本能と執念だけで生きていたのだ。自分が生きるためには、他人を無視し、侵すしかないという飢餓の極限状況は、通常の理性や感情を人間から奪う。これはシベリアだけのことではない。フィリピンでもビルマでもそうであった。大岡昇平は『レイテ戦記』のなかで、「人間の中の動物的なものの領域は広大である。平時の社会はそれを制御することによって成り立っているが、戦争はむしろそれを奨励し解放する。兵士をよく戦わせるために必要とされる措置であるが、同時にほかの動物的部分も解放される。強姦と残虐が戦争につきものになる。そういう延長上に、兵士が絶対的な飢餓状態に達すれば、同胞相喰うという原始の昔に返ってしまうのは自然なのである」と書いている。それゆえ人肉食も行われたし、同胞間の射ち合いもあった、と聞く。

この極限状況で、憎悪と相互不信が生まれない道理がない。石原たちが最も苦心したのが食料の分配である。固形物が少なく、液体状の物が中心となると、その分配に苦心する。一滴一粒が命にかかわるのだから、全神経が公平な分配に集中させる。捕虜の入ソ当時、ソ連の食料事情は極端に悪かった。長い戦争で農地は荒廃し、農場労働者も少なく、ウクライナ地方の飢饉が加わり、国民も飢餓状態に置かれていた。いわんや捕虜や囚人の栄養状態、健康状態は推して知るべしである。

人間は他の生物同様、環境適応能力を持っているから、以上の動物状態を次第に受け容れてゆく。その変貌過程は、アウシュヴィッツの強制収容所の受難者を記録した、フランクル博士の『夜と霧』『愛と死』などにくわしい。フランクルの記録した無感動、無関心、無気力などは、シベリアの強制収容所においても同様であった。それもまた生きてゆくための平衡感覚といえなくもないが、動物状態を拒否しようとする人も僅かではあったが、いた。フランクルもそういう人たちを「最もよき人たちは帰ってこなかった」と悼んだ。彼らは人間であろうとしたために死に、また苦しんだのである。

連帯の根底にある不信、憎悪

前述したように、石原のシベリア抑留記は独自の心理洞察、人間分析であるが、彼はその抑留体験の思想化を、抑留中に完成させたのではない。また帰国直後に果たしたのでもない。何しろ抑留中は極度の人間不信から失語状態に陥り、その回復期が最も苦しかったというから、体験の思想化は到底できなかった。失語状態を克服する過程で、徐々に体験の思想化、体系化を進めていったのだが、その際、大いに役立ったのがフランクルの著作と、大岡昇平の『野火』であった。また石原に、「ここにまぎれもない人間がいる」と感じさせた同囚鹿野武一の生き方が、彼の抑留体験の思想化の上で演じた役割は大きい。もし鹿野という人間がいなかったら、石原の抑留記はいくらか趣を異にしていたかもしれない。とまれ彼の抑留記が独創的であるのは、生来の哲学的資質と、実存主義哲学の強い影響に由来している、と私は思う。

石原の抑留記がフランクルの著作と、無感動、無関心、無気力の記述で重なるのは、双方とも強制収容所を題材としており、そのなかの人間状態に共通点があったということだが、実存主義哲学への関心においても、両者は共通する。石原の抑留体験の思想化は、(一)人間を共生させる強い紐帯(ちゅうたい)としての相互不信感。(二)単独者と集団。(三)被害と加害の共生。(四)言葉と失語。(五)告発の断念に要約できよう。これは石原独特の観念操作によるもので難解、かつ逆説に満ちている。

(一)および(二)について。他者のすべてが自分の生存を脅かす者として在る状況下では、友愛や信頼は生まれない。自分と他者とを結ぶ紐は憎悪と不信である。他者が意識される時、他者への憎悪と不信が常に伴う。無関心と無感動と無気力が徐々に人々を浸潤してゆく過程では、他者への憎悪と不信こそが生きるための発条であり、最も人間的、同時に動物的な感情となる。普段の暮らしのなかでは、この状態は表には現われない。したがって意識されることもほとんどない。

ここで私は、開拓農婦吉野せい(名作『洟(はな)をたらした神』の作者)を想起する。彼女は赤貧の開拓農婦として生き抜いたが、彼女の逆境をはね返す力となったのは、「憎しみだけが人間の本性だ」という人間観であった。友情や温情や慈悲を人間の本性だ、としたのでは、絶えず裏切られる。「憎しみだけが人間の本性だ」という人間観に徹すれば、いかなる他者の非情や侮蔑にも耐えてゆける。現に彼女は、そうして逆境をはね返し苦難に耐えてきた。

石原たちの強制収容所の状況は、吉野せいの比ではない。酷薄は極限に達していた。自分と他者を結びつけるものが、憎悪と不信に至るのは当然である。

私たちの間の共生は、こうしてさまざまな混乱や困難をくり返しながら、徐々に制度化されて行った。それは、人間を憎みながら、なおこれと強引にかかわって行こうとする意志の定着化の過程である。(中略)私たちをさいごまで支配したのは、人間に対する(自分自身を含めて)つよい不信感であって、ここでは、人間はすべて自分の生命に対する直接の脅威として立ちあらわれる。しかもこの不信感こそが、人間を共存させる強い紐帯であることを、私たちはじつに長い期間を経てまなびとったのである。(「ある〈共生〉の経験から」『望郷と海』)

したがって、この紐帯は本質的に孤独である。本質的にというのは、この孤独が、通常いわれるそれとはちがっているからである。

これがいわば、孤独というものの真のすがたである。孤独とは、けっして単独な状態ではない。孤独は、のがれがたく連帯のなかにはらまれている。そして、このような孤独にあえて立ち返る勇気をもたぬかぎり、いかなる連帯も出発しないのである。無傷な、よろこばしい連帯というものはこの世界には存在しない。(同前)

もちろん「無傷な、よろこばしい連帯」というのは、どんな時代にも、いかなる状況においても存在しない。たとえそれが肉親であろうとも例外ではない。人間の紐帯や連帯には、濃淡の差はあれ、憎悪や不信が混じる。それを認めない人間観は不毛だろう。憎悪や不信が露出しないためには、生存と生活を保障する条件が必要なのだ。この条件が満たされない時、たとえば戦争や飢餓の状況では、誰もが一個の動物に変貌する。ここに戦争や飢餓の本当の恐ろしさがある。戦争とは単に人を殺すことではない。自分の人間性をも殺す。強制収容所でも同様、我執と憎悪と人間不信を認めなければ、ここでは一日たりとも生きてはいけないのだ。何しろ、他者は自分の生命を脅かす「敵」であるから——。ここには、通常いわれる「単独者」というものは存在しない。個人の尊厳が保障されない状態、他者との共生が憎悪と相互不信と不可分な状態における単独者なのである。選良とは明らかにちがう。

加害者を自認するための徹底的な追及

(三)「被害と加害の共生」について。犯罪者でないにもかかわらず、強制収容所で囚人として使役される者が、被害者であることはいうまでもない。しかしまた同時に、それぞれが他者の生命を脅かさないでは生存できない状況では、誰もがまた加害者であることも事実である。これが彼らの立つ位置である。浅ましい人間の姿を嘆く仲間の一人に「何をいまさら……」と吐き捨てるようにいう石原は、人間の事実と位置を扮飾なくとらえた。そのことを念頭におけば、石原の難解でメタファーな詩も理解できそうに思う。

しずかな肩には
声だけがならぶのではない
声よりも近く

敵がならぶのだ
勇敢な男たちが目指す位置は
その右でも　おそらく
そのひだりでもない
無防備の空がついに撓(たわ)み
正午の弓となる位置で
君は呼吸し
かつ挨拶せよ
君の位置からの　それが
最もすぐれた姿勢である
——「位置」

そこにあるものは
そこにそうして
あるものだ
見ろ
手がある
足がある

うすわらいさえしている
見たものは
見たといえ
けたたましく
コップを踏みつぶし
ドアをおしあけては
足ばやに消えてゆく　無数の
屈辱の背中のうえへ
ぴったりとおかれた
厚い手のひら
どこへ逃げて行くのだ
やつらが　ひとりのこらず
消えてなくなっても
そこにある
そこにそうしてある
罰を忘れられた罪人のように
見ろ
足がある

手がある
そうして
うすわらいまでしている

——「事実」

しかるに、この状況下においても、人間の自己愛本能は、自分が加害者であることを認めたがらない。被害者として自分を憐れむ。自分を加害者として認める、あるいは被害と加害が自分のなかに共生していることを認める者だけが、罪悪感に苦しみ、自己否定の念に駆られるのだ。自己否定と人間否定、つまりペシミズムに徹することは、自殺することと同義だろう。それは自殺を選ぶほかない「死に至る病」なのである。それゆえ、一時の感傷ではペシミズムに徹することはできない。

バム地帯のような環境では、人はペシミストになる機会を最終的に奪われる。(人間が人間でありつづけるためには、周期的にペシミストになる機会が与えられていなければならない)。なぜならば誰かがペシミストになれば、その分だけ他の者が生きのびる機会が増すことになるからである。ここでは『生きる』という意志は、『他人よりもながく生きのこる』という発想しかとらない。バム地帯の強制労働のような条件のもとで、はっきりしたペシミストの立場をとるということは、おどろくほど勇気の要ることである。なまはんかなペシミズムは人間を崩壊させるだけである。ここでは誰でも、一日だけの希望に頼り、目をつぶってオプティミストになるほかない。(収容所に特有の陰惨なユーモアは、このようなオプティミズムから生れる)。そのなかで鹿野は、終始明確なペシミストとして行動した、ほとんど例外的な存在だといっていい。(「ペシミストの勇気について」同前)

鹿野武一は石原と同じ「罪状」で刑を受けた一人で、石原が尊敬した人物であった。鹿野はどのように「終始明確なペシミストとして行動した」か。たとえば、作業現場への行き帰り、「囚人」は五列に隊伍を組む。前後左右をソ連警備兵が固める。隊伍を乱す者は逃亡と見なされ射殺される。したがって「囚人」の誰もが外側に並びたがらない。ただ一人、鹿野だけは敢て外側を選び、死の確率を高めた。また進んで最も苛酷な作業を選び体を消耗させた。ある時は絶食した。仲間の説得にも応じなかった。鹿野は絶食の理由を石原にだけは話した。

それによると、鹿野たちが「文化と休息の公園」の清掃と補修作業をしていた時、たまたま通り合わせたハバロフスク市長の娘が、痩せさらばえた彼らの姿に衝撃を受け、すぐ自宅から食物を取り寄せ、自分で彼らに手渡した。

そのとき鹿野にとって、このような環境で、人間のすこやかなあたたかさに出会うことくらいおそろしいことはなかったにちがいない。鹿野にとっては、ほとんど致命的な衝撃であったといえる。そのときから鹿野は、ほとんど生きる意志を喪失した。／これが鹿野の絶食の理由である。人間のやさしさが、これほど容易に人を死の道へ追いつめることもできるという事実は、私にとっても衝

撃であった。そしてその頃から鹿野は、さらに階段を一つおりた人間のように、いっそう無口になった。（同前）

おそらく、「憎しみだけが人間の本性だ」と自分にいいきかせて生きた吉野せいもまた、「人間のすこやかなあたたかさに出会うくらいおそろしいことはなかったにちがいない。」憎悪と不信に徹することが、生きる支えであったからである。吉野せいより状況が数段厳しい鹿野の場合、その衝撃の深さは想像に難くない。

鹿野の絶食を一種のレジスタンスと見た収容所側は、アメとムチの手練手管で、執拗に鹿野を責めた。「人間的に話そう」という中国人上級保安中尉に、「もしあなたが人間であるなら、私は人間ではない。もし私が人間であるなら、あなたは人間ではない」（同前）と、鹿野は毅然として答えた。

そこに石原はペシミストの勇気と明晰をみて感動する。もちろん、当時の石原は、そこまで鹿野の心理を洞察していたわけではない。帰国後、大分たってから整理分析したのである。そこまでしても、鹿野の心理の中核にどこまで迫ったか、全体を隈なくとらえたかに、石原は確信はなかったろう。別の文章で石原は、鹿野がペシミズムに徹した原因を、被害と加害の共生の自覚に求めている。ことほどさように、人間の心理は、他人には分明ではない。が、鹿野がペシミストであったことは疑いなく、自己否定と人間不信に由来する自己抹殺は、常に彼の念頭を離れなかったはずである。

（四）「失語と沈黙」（五）「告発の断念」について。石原は鹿野について、「私の知るかぎりのすべての過程を通じ、彼はついに〈告発〉の言葉を語らなかった。彼の一切の思考と行動の根源には、苛烈で圧倒的な沈黙があった。それは声となることによって、そののっぴきならない真実が一挙にうしなわれ、告発となって顕在化することによって、告発の主体そのものが崩壊してしまうような、根源的な沈黙である。強制収容所とは、そのような沈黙を圧倒的に人間に強いる場所である。そして彼は、一切の告発を峻拒したままの姿勢で立ちつづけることによって、さいごに一つ残された〈空席〉を告発したのだと私は考える。告発が告発であることの不毛性から究極的に脱出するのは、ただこの〈空席〉にかかっている」(同前)とも書いている。

そうならざるを得ないだろう。加害者であることを自認する以上、つまり被害者としての平均化、集団主義を峻拒する以上、安易な告発には至らない。加害者、単独者であるという罪障の自覚が、告発の欲望と衝動を抑制するのだ。沈黙に至るのは当然である。現に鹿野も石原も、失語状態になっていた。憎悪と不信が人間の紐帯であるところでは、沈黙と失語こそが、人間最後の砦、自由の証ではあるまいか。ペシミストに徹しきれない人間は、「一日だけの希望に頼り、目をつぶってオプティミストになるほかない」のである。その意味で、「加害者と被害者という非人間的な対峙のなかから、はじめて一人の人間がうまれる。〈人間〉はつねに加害者のなかから生まれる。被害者のなかからは生まれてない。人間が自己を最終的に加害者として承認する場所は、人間が自己を人間として、一つの危機として認識しはじめる場所である」(同前)というのは真実である。それが強制収容所における人間の自由なのだろう。

このことは戦争体験をした戦後の日本人全体についてもいえると思う。戦後の私どもには、戦争の被害者だという被害者意識が強く、自国が侵略したり植民地支配したりした国の民衆に対する加害者意識が乏しかった。今もそうで、そのため過去の未清算、あるいは過去を忘却し抹殺する破廉恥な国民として、近隣諸国民の批判を浴びている。自分を加害者として認めないということは、自分への告発もまたないということである。そこから「人間」の生まれる道理はない。けだし「〈人間〉はつねに加害者のなかから生まれる」からである。加害者の自覚のないものは、ついに「人間」を発見できないばかりでなく、人間をさえ失格させる、といえよう。

石原の考える「堕落」

ここでは以上の主題をさらに立ち入って検討してみたい。石原が評論文で追究したものは、強制収容所という極限状況のなかの人間の真実であった。人間の人間としての壊れない側面を、独自の哲学的思考で冷静に分析した。自己を含めた人間分析は非情冷徹であった。

人間の壊れ方とは、人間の堕落を指す。石原は堕落の要因として、第一に環境への適応、第二に相互不信を挙げる。強制収容所に適応することは、人間が生き残るための方便であるが、これを石原は堕落と見る。この浅ましさをやむを得ない、と自分を納得させることで堕落はさらに深まる。そしてついに、他者の生命を犯すことすら辞さない相互不信に至る。

事実はその通りであったにちがいない。ここで石原が冷厳に自己観察、自己処罰をしていることに私は衝撃を受けた。

私たちが堕落の過程を踏んだのは事実であり、それに責任を負わなければならないのは私たちを管理したものが、規定にしたがって私たちを人間以下のかたちで扱ったにせよ、その扱いにまさにふさわしいまでに私たちが堕落したことは、まちがいなく私たちの側の出来事だからである。

食事によって堕落させる制度を、よしんば一方的に強制されたにせよ、その強制にさいげんもなく呼応したことは、あくまで支配される側の堕落である。しかし私たちは甘んじて堕落したとはっきりいわなければならない。(「強制された日常から」『望郷と海』)

倫理は人間のなかにはなく、シベリアの冬の自然が倫理として自分を罰していた、と石原は考えることで制度や思想や人間への告発を断念し、自分を納得させた。(「冬とその論理」『断念の海から』)厳しい極限状況のなかで、環境への適応や相互不信を堕落と断罪するのは苛酷に過ぎないか、という見方は当然生まれるだろう。たとえそれを堕落と認めるにしても、そこまでの自己処罰は加虐ではないか、という反論も出るにちがいない。私もそう思う。

通常いわれる堕落とは、人間が生存を保障されている条件においてなされる非人間的・反道徳的行為を指す。「あんなことをしなくても生活できたはずなのに、なぜ?」という条件下での逸脱行為をいうのである。栄養失調と発疹チフスが主な死因となり、苦痛以上の重圧といわれる不安と苛立ちを忘れさせるものが飢餓状態であるとされ、失語という仮死状態に陥る強制収容所で、生きるため甘んじて環境に適応したことを、平時の人間のそれと同列に置くことは、たとえ石原の単独者や告発の断念の思想を考慮するとしても、私には同意できない。そこまで堕ちるのが人間の動物性であるとすれば、そこまで人間を堕とした制度や状況や思想も同時に告発されねばなるまい。それが集団に対峙される単独者の生き方であり、自我の展開だと私は思う。個我はあくまでも、歴史と社会関係の総和であり、世界内存在だからである。

おそらく石原の自己処罰の厳しさは、環境や集団に埋没せず、単独者として死を辞さなかった鹿野武一をはじめ、「いわば人間ではなくなることへのためらいから、さいごまで自由になることのできなかった人たちから淘汰がはじまったのである」(「強制された日常から」)という人々への畏敬に発しているのだろう。

思えば、すぐれた強制収容所の体験記録のすべては、そういう高貴な人々への頌歌と哀悼を綴る。たとえばフランクルは、カポーと呼ばれるユダヤのならず者を断罪する一方、他者のために献身した、また人間の自由に最後まで固執した、捕われの人々を描いている。そういう卓越した人間はついに帰ってこなかったのである。また内村剛介は、「著者のような臆病卑小な者ではなく果敢に高く頭を上げて真実をその肩に担おうとした者はみずからあらかじめ死者の運命を選んだというべきであって、その声はついに地下に消えざるをえなかったのだ(たとえばわれわれ日本人は、ヴォルクタで東を向いたまま、一言も発せず食を絶って死んで行った同胞を持っている)」(『スターリン獄の日本人』)と書き、死者に深甚な敬意を表した。このほか、日本人捕虜をねぎらい励ましたロシア民衆に感謝の念を捧げたのは高杉一郎や菅季治であった。

この事例は強制収容所だけではなく、戦場でも見られた。捕虜虐殺命令を拒否した兵士、戦時強姦は絶対にしない、と自分にいいきかせた富士正晴、無辜の中国老農夫を射殺した罪をつぐなうため、婚約者と婚約を解消して、敗戦後も中国に留った武田泰淳『審判』の主人公などがそれである。それらは勇気のある、誠実な人柄のあらわれだが、捕虜虐殺命令に従った兵士でも、喜んでそうしたのではないだろう。従わなければ自分の生命さえ危ぶまれる状況において、やむなくせざるを得なかったのだと思う。それすらも一概に堕落と断定することに私はためらいがある。石原が強制収容所での堕落を強調するのは、その様相があまりにも凄惨であったからである。単独者と集団の腑分けのためにも、あの断定は必要であったのかもしれない。適応と相互不信が堕落でなければ、個人は責任を問われることはない。被害者として集団に埋没している以上、責任主体としての個人はそもそも存在しないのだ。責任はあくまでも個人が主体的に取るものだ。かりに集団の一員としての責任を負うとしても、罪障感は稀薄になる。被害者としての意識が強いからだ。堕落を認めるためには、加害者としての自覚を強く持たねばならない。

ここに展開される石原の思想は、人間を個有名詞としてではなく、単なる量(集団)としてとらえる大量殺戮(ジェノサイド)の計量主義への告発と不可分である。「一人の人間にたいする罪は、一つの集団にたいする罪よりはるかに重い。大量殺戮(ジェノサイド)のもっとも大きな罪は、そのなかの一人の重みを抹殺したことにある。そしてその罪は、ジェノサイドを告発する側も、まったくおなじ次元で犯しているのである。戦争のもっとも大きな罪は、一人の運命にたいする罪である。およそその一点から出発しないかぎり、私たちの問題はついに拡散をまぬがれない。」(「強制された日常から」)

石原のこの指摘は重要である。というのはいわゆる南京虐殺にしても、死者の多寡が問題とされるが、一人でも虐殺であることには変りがない。死者の数の多寡は虐殺の罪の軽重の基準とはならないのだ。広島や長崎での原爆死にしてもそれは同様である。石原の「戦争のもっとも大きな罪は、一人の運命にたいする罪である」という言葉は千鈞の重みを持つ。

告発を断念するということ

自分の体験しないものを告発しない、という石原の持論も、単独者の思想と深くかかわる。この思想を彼はフランクルから学んだという。またそこには、強制収容所体験を通した強烈な政治不信が影を落としている。

八年の間見てきたもの、感じたものを要約して私が得たものは、政治というものに対する徹底的な不信です。政治には非常に関心がありますけれど、それははっきりした反政治的な姿勢からです。人間が告発する場合には、政治の場しか告発できないと考えるから、告発を拒否するわけです。それともう一つ、集団を信じないという立場があります。集団にはつねに告発があるが、単独な人間には告発はありえないと私は考えます。人間は告発することによって、自分の立場を最終的に救うことはできないというのが私の一貫した考え方です。人間が単独者として真剣に自立するためには告発しないという決意をもたなければならないと私は思っています。(「沈黙するための言葉」『望郷と海』)

苛酷な強制収容所体験から生まれた石原の信条で、政治や集団不信に私は共鳴する。クレムリンの政治もワシントンの政治も、等しく信じなかった林達夫に通底するものがある。が、それだからといって、「単独な人間に告発はありえない」という石原の考えには反対である。これが事実に反しているることは、強制収容所の保安将校に接した単独者鹿野の事例からも明らかだ。単独者フランクルも、人間の尊厳と自由のために告発の労をいとわなかった。石原の反政治の心理は判るが、政治悪や国家悪は告発なくしては改善されない。告発は常に政治の範疇にかかわるとは限らないし、集団の独占物でもない。石原の告発と被害者意識の拒否から導き出されるのが、断念の思想である。

人が断念において獲得するもの、それが最終的に『自由』と呼んでいいのではないかと、私は考えます。人が断念において初めて明晰でありうるのは、おそらくそのためであり、断念において信仰が獲得する自由という位相へと、結びついて行くのではないかと私は考えます。(「詩と信仰と断念と」『断念の海から』)

堕落を媒介にして単独者(被害と加害の共生)を経て、断念に至るのが石原の思想の軌跡で、鹿野のペシミストとしての明晰、自由の本質、主体性の確立は、すべてそれにかかわる。しかし、断念において獲得される明晰も自由も、ここでは超歴史的・超社会的な概念に過ぎない。おそらくこの概念は、石原の実存主義信奉、キリスト教信仰に由来していると思う。

自由を歴史的・社会的関係のなかでとらえれば、ソ連体制や強制収容所は、石原とはちがった評価になるはずである。林達夫のソ連体制、また高杉一郎や内村剛介の強制収容所批判が石原と位相を異にするのは、林らがそれを歴史的・社会的関係においてとらえているからである。彼らは告発した。が、そのことで集団化された無個性ではなく、単独者であった。ちなみに彼らは等しく政治集団から批判された。内村は自分の強制収容所体験を、次のように回想している。

著者がもし多少とも犯人であるとすれば、それはまず第一に拘禁の『ファクト』のなかに『真実』を捉えぬまま、つまりソビエトでの自己の存在の意味に困惑したまま、奴隷労働の果てに飢えて死んで行き、今はその骨の求めようとしてない数十万の人々に対してあるだろう。第二には自国の獄につながされた数百万のソビエト市民諸君に対してである。かれらの存在の苦悩はわれわれ日本人のそれとは到底比べようもない。(『スターリン獄の日本人』)

これらは石原に欠けている認識であり、想像力であった。もっとも石原もそのことに気付いてはいたようだ。「強制収容所内での人間憎悪のほとんどは、抑留者をこのような非人間的な状態へ拘束しつづける収容所管理者へ直接向けられることはなく(それはある期間、完全に潜伏し、潜在化する)、同じ抑留者、それも身近にいる者に対して向けられるのが特徴である。それは、いわば、一種の近親憎悪であり、無限に進行してとどまることを知らない自己嫌悪の裏がえしであり、さらにそれは当然向けられるべき相手への、潜在化した憎悪の代償行為だといってもよいであろう」(「ある〈共生〉の経験から」)と書いていることからもうかがえる。もし強制収容所管理者の非人間性を問題にするなら当然、ソ連官僚主義、一党独裁の弊害、ソ連体制の前近代性が、歴史的・社会的関係のなかでとらえられたろう。そこから、政治への告発も展開されたにちがいない。

しかし石原は前述したように、「私たちを人間以下のかたちで扱ったにせよ、その扱いにまさにふさわしいまでに私たちが堕落したことは、まちがいなく私たちの側の出来ごとだからである」という認識から、歴史的・社会的関係を捨象した。それゆえ、社会や政治にかかわる問題も、彼の観念の領域内に収斂される。


人間が被害において自立できず、ただ集団であるにすぎないとき、その死においても自立することなく、集団のままであるだろう。死においてただ数であるとき、それは絶望そのものである。人は死において、ひとりひとりその名を呼ばなければならないのだ。(「確認されない死のなかで」『望郷と海』)

その通りである。アイヒマンのいう統計としての死は、支配者のものではあっても、戦争で非業死した人たちのものではない。死はいかなる場合でも、一人ひとりの死である。それは生者の場合も同様だろう。国民を単なる数として一括する政治は、国民を平気で死に追いやるのだ。国民の顔が見えないということは、国家が「ひとりひとりその名」で国民を呼んでいないということだろう。ここにも国家が介在する。国民の生殺与奪の権を国家が掌握しているからである。その点、独裁国であろうと民主主義国であろうと、いささかの変りもない。石原はそのことをどう考えるのか。

いかに捕虜が同じ顔を持ち、状況に適応しても、それが一人の人間であるという事実は動かない。

また単独者という思想に徹したとしても、そのことによって自立が保証されるわけではないし、彼は集団の一員である。自立のために集団が排除されるならば、集団の主体性や組織力は意味を失ってしまう。失われた集団の人間性は、集団に超越するのではなく、集団を改革することによってのみ復権できるはずであり、また集団が陥りやすい平均化や狂気の条件を作らないように努力することである。石原が単独者として生きる時でも、彼が日本国の構成員であることに疑問の余地はない。それゆえ、日本国の在り方にかかわり、それに責任を負う。単独者は国家や集団に隷属しないことによって、国家の暴走を抑止し、集団的狂気を批判する力となるのである。告発の真の意義はそこにしかない。

　石原は大量虐殺（ジェノサイド）は一人ひとりの死を量として計量するゆえにおぞましいという。そうであればこそ私は、「私」に死をもたらす私の暗愚や怯懦とともに、国家の暴走や集団的狂気を告発したい。私は他者との関係で確実に加害者であるとしても、大量殺戮の非業死の一員となることで疑いもなく被害者である。私の告発の根拠は国家の大量殺戮に私もまた責任を負うゆえに、その国家悪を拒否する意志表示としてである。自分が体験しないものを告発しないというのは、体験の物神化であると同時に、体験を直接性においてしかとらえていないことの証左である。私は南京虐殺や広島・長崎の加害と被害の直接体験者ではない。しかし、同時代に日本人としてそれにかかわっているという点で、まごうかたなき体験者である。戦争中に生きた日本人はみなそうであり、戦後世代もまた、過去の未清算の状況を生み、許していることで、各自が相応の責任を負わなければならない。石原も自分に対してそうした。

私はあの戦争をただ私一人を死へ追いやるための過程としてしか考えなかった。私は戦争のあいだじゅう、ただ死だけをおそれ、しかもその死を、私にとってどうにもならぬ宿命的なカタストロフとして、無気力に、絶望的に承認していたにすぎない。戦争のあいだじゅう、私には、およそ深刻な苦悩というものはなかった。そうして、そのような無気力な、ずるずるべったりの承認のために、最後に苛酷に罰せられた。(「一九五六年から一九五八年までのノートから」『望郷と海』)

石原のこの回想から私どもが学ばねばならぬことは、戦争を「どうにもならぬ宿命的なカタストロフとして、無気力に、絶望的に承認」してはならぬ、ということである。戦争が起ってからではおそい。戦争が起きる前に、戦争につながる動きを洞察する知性を身につけ、それに反抗し抵抗する組織を立ち上げたり、告発や発言を続けることである。それでも敗北する公算は大きい。しかし、誰かがいったように、「抵抗しながら敗北しよう」ではないか。

大岡昇平は出征に際し、「私がこれまで彼らを阻止すべく何事も賭さなかった以上、彼らによって与えられた運命に抗議する権利はないと思われた。……一介の無力な市民と、一国の暴力を行使する組織とを対等におくこうした考え方に私はこっけいを感じたが」と『俘虜記』で書いた。

ここには石原の前記ノートとの微妙なちがいがある。このちがいが、二人の戦後の言説を分けた。二人は対談したことがあるが意見が噛み合わなかったのはそのためだろう。大岡は石原のように単独者と集団、被害と加害、告発と断念の図式を設けなかった。個人や自由を歴史や社会のなかでとらえ、位置づけ、告発すべきことは告発した。たとえば『レイテ戦記』では、非業死した日本兵士を悼み、天皇を怨みながら死んでいった兵士を紹介すると同時に、戦争の最大の犠牲者フィリピン民衆に謝罪した。それは戦争を起した国と、自分を含めた国民への告発にほかならなかった。無辜のフィリピン民衆を射殺した『野火』の敗残日本兵は、その罪障感に悩まされた。石原のように常に観念の世界に問題を収斂させることをしなかった。

「敵を恐れるな――やつらは君を殺すのが関の山だ。／友を恐れるな――裏切るのが関の山だ。／無関心なひとびとを恐れよ――やつらは殺しも裏切りもしない。だが、やつらの沈黙という承認があればこそ、この世には虐殺と裏切りが横行するのだ。」

これは『無関心なひとびとの共謀』のなかのヤセンスキイの言葉である。石原の「一九五六年から……」に引用されている。強制収容所における憎悪と人間不信が失語をもたらし、その仮死状態によって人間は他者や全体への無関心、無感動に至った、というのが石原の認識であった。今、世界はまた無関心、無感動、無気力な人間たちによって満たされている。それゆえ、強制収容所体験を持つフランクル博士は、その三無状態を、経済危機、地球環境の悪化以上の、人類の危機と危惧した。日本もまた例外ではない。戦争と三無状態の危機に直面しているのである。過去を克服するとは、過去を抹殺することではない。過去から学び、その過ちを繰り返さないことである。そうでなければ、私どもは魯迅がいったように、血の決済を迫られ、致命的な負債に苦しむだろう。自他への告発は続けねばならない。

第九章　キリスト者の抵抗と転向——イシガオサム『神の平和』

信仰と社会科学

信仰を持つ者は強い、とよくいわれる。小児科医で、すぐれた思想家でもある松田道雄は、死に直面した時、もっとも強いのはキリスト者だ、と書いたことがある。死は人間にとって最大の恐怖だが、神のもとに召されるという死のとらえ方が、その恐怖をやわらげてくれるからであろう。信仰の強みとは、難局に直面してたじろがない、ということで、神仏への全幅の信頼、心身を打ち込んだ尊崇によってもたらされる。

精魂を傾けた打ち込みようによって、信仰がしばしば狂気とおぼしき様相を呈することは、オウム真理教の信者が好例だが、信仰が正しい道しるべとなる時は、計り知れない力を人びとに与える。権力の弾圧や、世間の迫害に抗して、信念を貫き通した人びとの多くは、篤い信仰の持主であった。平和の使途イシガオサム(石賀修)もその一人で、彼は『神の平和』で次のように書いている。

信仰とは人類の創作中のなんとすぐれたものであるか。

これあるにより、いっこの労働者もマルクス学者より勇敢に戦い得、

これあるにより、いっこのクリスチャンも神学者より真剣に生活し得る（一九三一年十一月十四日）。

一九三一（昭和六年）年は、いわゆる満州事変の起った年で、イシガは東大文学部西洋史学科三年であった。この年の九月十八日夜、奉天東北方、柳条湖の満鉄線路で起きた爆発事故が、満州事変の発端とされた。爆発は関東軍作戦主任参謀石原莞爾の仕組んだ謀略によるもので、これを口実に、関東軍と朝鮮派遣軍が出動、たちまち満鉄沿線を制圧、清朝の末裔溥儀を擁し、傀儡（かいらい）国家満州国が樹立されるのである。

満州事変はアジア・太平洋戦争の発端となったもので、これと呼応して、国家主義と軍国主義がはびこってゆく。この流れは、柳条湖事件の真相解明にあたったリットン調査団が、日本の主張を退ける報告書を国際連盟に提出し、採択されたのを不服とし、日本が国際連盟を脱退したことにより、加速される。みずから招いた国際孤立は、否応なく、軍国主義と国家主義を助長・増大させるのである。なぜなら、日本の正当性の主張は、リットン報告書を承認した多数の国を不義とみなし、孤立の光栄を誇示すると同時に、相手を敵視することによって、軍備の拡充に努めるからにほかならない。

イシガオサムは一九三二（昭和七）年三月大学を卒業し、大学院に進む。大学院では唯物史観を専攻するつもりだったが、研究題目としては不適当、と学校側からいわれ、やむなく原始キリスト教に変更する。時代は、唯物史観を自由に研究できないほど言論統制が強化されていたのである。真理探究の場であるはずの大学においてすら、左翼的なものは排され、遠ざけられた。新聞もジャーナリズム

としての機能を失い、権力に迎合し、軍部と足並みを揃え、国際連盟を非難し、みずから墓穴を掘ってゆく。国策に協力することで、権力批判の自由を放棄したばかりか、ことごとに、権力からの介入を許してしまう。

イシガは一九三三(昭和八)年二月十一日の日記に、「〔国際〕連盟のほう、いよいよ第四項適用をのがれぬこととなり、新聞見苦しくわめき、醜態をさらす。軍部はまたこの附近の小鋳物工場へまで砲弾製造を命じ、軍備おさおさ怠りないらしい」と書いているが、的確な新聞批判であり、軍備拡充の描写である。文中「この附近」とあるのは、イシガの故郷、福岡県八幡市周辺で、彼は前年の六月、肺浸潤および慢性腎炎にかかり、大学院は在籍のまま、郷里で静養中であった。彼の新聞批判は、その後いっそう穂先を鋭くしてゆく。

イシガは大学院で唯物史観を専攻しようと希望はしたが、彼はマルキストでも唯物論者でもない。大学時代のイシガは、強いていえば人道主義者といっていいだろう。その基本をなすものは、すべての人間が幸福に暮らせる社会の建設で、そのために戦争や貧困があってはならない、と考える。マルクス主義もキリスト教も、「よりよい社会建設」のための手段にはほかならないのだ。

要するに、われわれにとっての問題は、この理想を目ざして進むにいかなる手段をとることが現在の状態において最も有効であり可能であるか、だ。コミュニズムをとるか、キリスト教ソシアリズムへゆくか、ファシズムに逃げこむか、あるいは他の何かに行くか。ここにぼくの目下の問題があるのだ(一九三二年四月二十九日)。

イシガは「ファシズムに逃げこむ」ことはなかった。それは彼が、素質として、「人道主義的ヴ・ナロード主義」(人民の中へ)を強く持っていたからである。したがって、第二次世界大戦の初期、ドイツ軍が各地で勝利を博していた時も、反独・反ヒトラーの信念は不変であり、彼には「ヴ・ナロード主義」とともに、西欧的理性の崇拝、歴史の進歩への信頼が強かったので、理性と進歩に背くファシズムとは相い容れなかった。

前述のように、信仰の偉大さを力説はするが、現実のキリスト教会やキリスト者の言動を容認してはいない。むしろ容赦なく批判する。

「なんじの隣人を愛せよ」大砲の音にふっとんだ聖句よ　教会よ　そしてクリスチャンよ。(一九三一年九月)

社会民主主義者たちがいかに祖国のためという名に眩惑されて出て行くか。牧師たちがいかにキリストをかくして、旧約の復讐の神を表に引き出して来たか。(一九三一年、小説『一九〇二年級』の読後感)

現実のキリスト教会やキリスト者に対するイシガの不満や批判は、マルクス主義や左翼的なものへの傾斜と表裏一体のものといえる。彼は戦争に対しても、「汝の敵を愛せよ」とか、反暴力の信条からのみ反対してはいない。マルクス主義者とほぼ共通する戦争観を持っていることは、映画『西部戦線一九一八年』をみた感想からもうかがえる。

感ずることは何のためにわれわれ人間同士が殺しあう必要があるかということ。自分の利益のために戦いを始めることを意とせぬ資本家ども、お国のために命をすてることを名誉と思わしむるエライ軍人たち、非人道的な愛国婦人会、のろわれろ!（一九三二年四月二十九日）

この社会科学的視点は、このあとの時局観にも引き継がれる。ただマルクス主義とちがうのは、引用文に次いで、「だがぼくはただ帝国主義的戦争のみでなくあらゆる戦争をいとう。革命でも。人と人が殺しあうごときあらゆる事を憎む」と書いているところにある。彼は大きな犠牲を避けることに役立つ時にのみ、小さな犠牲としての革命を認める。この点で、戦争を通して革命へ、のマルクス主義とは一線を画した。彼がレーニンに関心を抱いたことは、通常のキリスト者とちがうところだが、人間としては、レーニンよりガンディにひかれ、ガンディの「不殺生」と無抵抗主義に共感を寄せている。左翼的心情から推しても、ガンディ主義者ともいえない。基本は「殺すなかれ」「非暴力抵抗」だが、マルクス主義をその人道主義のなかに包み込んでいるところに、彼の思想の特徴がある。

イシガの人道主義は、マルクス主義の影響もあって、反国家主義、反国粋主義、国際主義、コスモポリタンとして現れる。満州事変について、国家指導者はもちろん、新聞や雑誌も、「暴圧な中国軍」に対する「正義人道」に基づく戦争と持ち上げ、国民もこれに同調したが、イシガは「中国の兄弟よ許してくれ、いつのまにか戦争をはじめさせてしまったわれわれの無力を」と、満州事変のすぐあとに書いている。また一九三四(昭和九)年四月十九日の朝日新聞が、「シナ航空界の驚異的な飛躍」と報じたのをとらえ、「そうだ、うんと飛躍するがいいな」(四月二十八日)と半畳を入れ、「なんだかヘンな世の中だ。わが国はこの世の国にあらず、というイエスのことばが思われる。新聞などによってあらわされる世界というものにとらわれることなく、ぼくらはみずからの正しいとする世界を自分の力できずいてゆき、その世界を世界として、その中に、またそのために生きたい。そうでなければ生きてゆく気がしない。そしてまたぼくの生涯においてシナのために特につくすところありたいと決心した。／その一手段として、今後一食五十銭以上の食事はとらざることに決心した」(一九三六年八月十六日)と、被侵略国民の立場に身を置いた心情を綴っている。

戦争をおしとどめられなかった責任をみずからに感じ、「中国の兄弟」に謝罪しているのには頭が下がる。当時、日本人のなかで、中国国民に謝罪した人が何人いただろうか。彼が中国国民を、「兄弟」と呼んでいることも立派なことで、彼の強烈な世界市民意識をあらわしている。彼にとって国境などは単なる過渡期の一現象にすぎず、すべての人間が同胞、兄弟だったのである。

イシガが中国国民の側に立つのは、単に世界市民の意識に因るものではなく、日本によって侵略された国民への贖罪に由来しているのだが、満州事変を日本の中国侵略とみたからこそ、贖罪意識が生まれた。言論が軍部や官僚によって統制されつつあった当時、真実を見抜いたイシガの直感力、洞察力には感服する。

この洞察力が、国粋主義や軍国主義がはびこる潮流のなか、イシガを誤らせなかった。日本的なものの優位を説く偏狭な民族意識、「国体明徴」を叫ぶ狂信的皇国史観からも、イシガは自由であった。

ニッポンは近来たしかに世界史的な一要素となりつつある。あるいは将来において、世界史の最大要素になる時期が来るかも知れぬ。しかしその場合においても、それはニッポン民族の絶対的優秀性を示すことには決してならぬと思う（一九三六年四月六日）。

日本民族、あるいは日本国民の名のもとに、国民は国家に束ねられてはならない、国民は国家と自分を一体化してはならない、という思想がイシガにはある。名誉ある国民、と国家からおだてられることを警戒せよ、といっているようでもある。イシガは、日露戦争の戦死者を祀った「表忠塔」にこと寄せて、戦死者を顕彰しようとする国家から、戦死者を解放しようとする。戦死者に仮託して、自分の真率な声を挙げます。

《妻よ　弟よ　子よ　孫よ
おれたちの血はいたずらに流された
おれたちの血は平和の種子とならずに争いの種子となった
……
敵は前にはいない　いな　かえってうしろにいるのだ
表忠塔をこぼて　銅像をいつぶせ
戦いをうむすべての敵を打ち倒すこそ
もっとも俺たちを喜ばす記念碑だ――》

反国家の思想がここには躍如としている。戦死者に意志があったとしても、肉親にこう呼びかける人は少数だろう。それゆえ、現在の日本遺族会が、保守党の有力な支持団体になり、また靖国神社が、戦没者を美化するアジア解放戦の立場に固執するのである。

少数者の発言は、国家と多数者によって封殺されることを、イシガは十分承知していた。自分の考えが少数者であることを自覚したため、無力感にとらわれ、戦死者に託しての、反戦の呼びかけになったのであろう。新聞をはじめ、世はあげて対中国強硬論、戦争賛美であったから、イシガの焦燥と苦悩は、想像を絶するものであったはずだ。

自分を責める

満州事変を日本の中国侵略と洞察したように、イシガは乏しい情報のなかから、日本軍が南京で大虐殺を行ったことを見抜き、その感想をローマ字詩「招き」に綴っている。詩としては稚拙なものだが、ごく一部の人びとしか知らない事実を察知した洞察力は、いくら称賛しても、過ぎるということはないだろう。それにしてもローマ字詩にしなければならなかったことに、時代の重圧を感じさせる。

一九三八(昭和十三)年、五月三十日の日記には、「共産党検挙のニュース。新興仏教同盟の妹尾(義郎)などもやられている。このニュースを聞きつつ思ったことは、いつのまにか(これは昨冬の加藤勘十さんらの事件以後のことだが)自分の過去ならびに現在の行動・思想に共産主義の影響のあったことを認めることを好ましく思わない、あるいは恥じるような気がおこっていることだ。これはペテロがキリストを否んだような恐怖からくる卑怯な考えなのか、また幾分はぼくの本心もあるのか」と、時代の重圧に萎縮してゆく自分を恥じ、反省している。

別に転向声明をしたわけではなく、日本の戦争政策やナチスの全体主義、スターリンの粛正裁判などにみせた鋭い批判力はいささかも鈍ってはいないのに、内心ではやはり忸怩たるものがあったのだろう。ここにイシガの誠実さがある。

この誠実さは、神の垂訓に従って純粋に生きようとするイシガの生活信条から生まれたものだが、悪い状況に追いつめられている危機意識が、さらに自分を責めることになった。それは、検挙される共産党員や仏教者とくらべ、運動しない自分への嫌悪とも連なっている。イシガのなかではこの自嘲と、「人間のイノチを粗末にするいっさいのものとたたかいたい」(一九三八年九月二十日)「世の中は想像しえられるほとんど最悪の状態にまでおちこんでしまっている。これからさきはよくなるばかりだと思えば、むしろうれしい」(同)という自己肯定、勇気が混在する。

大衆にそれを求めるのは無理としても、当時の日本の知識人が、イシガほどではないにしても、それに近い批判精神を持っていたら、状況はかなりちがった展開をみせたはずだ。本来、知識人は権力と一体化することなく、常に腐敗を宿命とする権力への批判者としての位置を保つべきだ。そこにこそ知識人の存在理由がある。権力に迎合し、国策の提灯持ちをする知識人は、真の知識人とはいえない。批判精神を失えば、それはもう知識人ではないのだから。

しかし、戦争中の日本の知識人は、知識人の役割と社会的責任を放棄した。ほとんどの知識人は権力に迎合、時局に便乗し、総崩れの惨状を呈した。オピニオンリーダーとしての知識人が権力と一体化したのだから、国民の崩れ方もひどいものだった。イシガも高名な知識人の知的荒廃を批判している。

九鬼周造いわく　われわれニッポン人はシナに勝つことによってニッポン哲学の精神をかれらシナ人に明確に教えねばならぬ。武士道の形をとった理想主義の哲学をかれらの肺フに感銘させることによって、かれらの祖国の再興に精神的助力を与えることがわれわれニッポン人の重要な文化史的課題ではあるまいか……われわれニッポン人は輝かしい伝統において理想主義の哲学を奉ずる国民である。われわれの理想主義がわれわれをして戦争に勝たせるのである。

浅野晃いわく　われわれにとって民族は絶対である。それは人間が絶対であり、真理が絶対であるのと同様である（一九三六年十月二十七日）。

穂積〔重遠？〕さん英国の大学を語っていわく、「義勇兵制度なるものは結局あまり具合がよくないように思われた。すなわち、出ようか出まいかでずいぶん違う。職業や勉学の都合上、出ないでいる者も、やはり仕事や勉強が手につかないらしい。わが国の徴兵制度のように、赤い紙が来て応召する、それまでは落ちついて稼業に励み、勉強に精出すことができるのが最もよいと思う」（同十一月十四日）。

ニッポンの文学者と知識階級の一部を支配している平和主義と戦争反対主義を突きつめれば、それは明らかな敗戦主義となる。／ニッポンの『高級』文学者の大部分は愛国心を表明することを罪悪視している。ぼくはこの種の文学および文学者と訣別する。売国奴として絞刑されるよりも、敵

弾によって倒れたい。（中野重治『感想と希望』中に引かれた林房雄のことば）（同十二月四日）

イシガはこれら引用文に対し、特に批判を加えてはいない。それは批判がないからではなく、ひどい崩れ方の見本として紹介しているのだから、紹介自体が痛烈な批判といえる。

九鬼周造は『「いき」の構造』を代表作とする美学者・思想家だが、この頃、天皇制の位置づけにおいても、でたらめで、こじつけだらけのひどい文章を書いている（例えば「日本的性格について」）。浅野晃と林房雄は、ともに旧共産主義者で、プロレタリア文学の指導者であった。早い時期に転向し、この頃は国策を奉じる民族主義者、国家主義者に変貌していた。二人は熱烈な戦争賛美者で、対米英戦争がはじまると浅野は、戦争を詩とロマンの象徴として賛美した。左翼からの転向者亀井勝一郎も、「奴隷の戦争より王者の戦争を！」と叫んだ。林房雄は引用文のように、戦争を謳歌したばかりか、戦後も皇国史観の洗脳が解けず、『大東亜戦争肯定論』なる迷作を発表している。転向後の林房雄は「毒を食らわば皿までも」を地でゆくものであった。そういう変節者林を、イシガは、《ある動物園》という戯れ歌で諷刺し、あわせてその鉾先は長谷川如是閑にも及ぶ。

春さくら夏はサルビア秋は菊　季節の花に房雄チョウチョウ
偉大なるアタマはあれど胴中に　筋金はなしタコの如是閑

一九四一（昭和十六）年作で、林房雄と同列にされたことは、長谷川如是閑には気の毒だが、反権力・反権威的心情の自由主義者・長谷川如是閑も、この頃、日本的なものに回帰するところがあったから、イシガの槍玉にあがったのだろう。

「言論、出版、集会の自由を叫ぶ者が　ひとりもなくなった三十八年の春」とイシガが書いているように、この頃になると唇寒しで、みな口を閉じたのです。ごく僅かな反骨の人は、日記に権力や軍部批判を記したのですが、公然と声を挙げることはできない。もちろん、例外がなかったわけではない。

本来、「言論、出版、集会の自由」を最も尊重し、それを抑圧する権力と抗争しなければならないのは、自由主義者であるはずだ。自由主義者とは、国家権力、天皇制や皇室、財界や軍部、政党や学閥などの権力的・権威的なものに制約されず、それらを自由に批判する立場を堅持する人間の謂で、そのためにこそ「言論、出版、集会の自由」が不可欠となる。

ところが日本には、「言論、出版、集会の自由」のために、権力との戦いを貫いた自由主義者はほとんどいない。多くは、自由主義的な気分を持っているという程度で、自由の敵と戦う気骨はなかった。

前述したように、本物の自由主義者は、天皇制や皇室に対しても、批判の自由を持たねばならない、それでなければ自由主義者とはいえないはずですが、日本で自由主義者と呼ばれる者たちは、例外なく天皇崇拝者、天皇制支持者であった。したがって、天皇の名によって布告され、天皇が承認した戦争に反対することができなかった。

また彼らは反共産主義者でもあったから、共産主義者に対する国家権力による弾圧、自由剝奪にも抗議、抗争することができなかった。「私は君の抱く思想には反対だが、君の思想を弾圧しようとする者とは戦う」という意味のことをいったのは、ヴォルテールだと記憶するが、日本の自由主義者には、こんな気骨も心構えもなかった。市民社会と民主主義が成熟しなかったためで、天皇崇拝もまたそこに起因している。現在の天皇制を創作したのは明治の国家指導者だが、彼らの脳裏には、「言論、出版、集会の自由」を保障する市民社会の理念もシナリオもなかった。イシガも『一九〇二年級』の読後感で、西洋と日本の自由主義者のちがいについて触れている。

ただこのごろ思うことだが、欧米におけるいい意味の自由主義や個人主義の発達ということが情勢をニッポンの場合とそれらの国の場合と、かなり変えるであろう。たとえば、これに記されてあるような「赤い少佐」はニッポンに決してあり得ないだろう。……社会主義者ではなくて、単に自由主義の立場から主戦論に反対するごとき人びと(結局これらの大多数はいざ戦争開始となると考えを変えてしまうのだが)――ことに女でもそういうのが幾人も出てくる点など、また戦勝祝賀会の席上、生徒にむかって、いかに多くの戦死がこのために支払われたかを説いて、「だまされるな」と教える校長のごとき存在など、今日のニッポンではちょっと考えられぬことだ。(ことにこの校長はたえず戦死者を数えて、戦勝に酔う者に冷水をあびせるのだが、多少の排斥くっても、直接行動で制裁なんか決してされぬのだ)ニッポンなんかだったら、左翼の一部を除いては、決して公然戦争反対の声はきかれないにちがいない。(一九三二年)

つまるところ、文化伝統のちがいである。近代市民社会のなかった日本では、自由主義も民主主義も育たず、真正の自由主義者が生まれなかった。近代日本の知識人は、安普請の「近代」、付焼刃の「近代」のなかで生きるしかなく、西欧近代に絶えず劣等感を抱き、焦燥し、苛立ち続けてきたのである。これらの知識人にとって対米英戦争は、長い間の劣等感から自己解放する好機でもあったのです。大勝利に湧いた緒戦の熱狂と興奮は、劣等感に苦しんだ鬱憤晴らしであったことはいうまでもない。

私たちはそうした心情を、高村光太郎、斎藤茂吉、亀井勝一郎、伊藤整などにみることができる。彼らは西欧文化に通暁していただけに、劣等感もまた大きかったはずで、そのことがまた、西欧の真の力、文化的伝統の深さをとらえそこなう結果になったといえる。一つには、あまりにも日本人ということにこだわり、世界市民的意識を持たなかったことにも因る。イシガのように世界市民意識を持てば、日本に金縛りされることなく、曇りない目で日本をとらえ、西欧の文化的伝統の深さを理解できたはずだ。

前記の人たちにくらべ、イシガは外国留学をしたこともなく、また西欧文化の知識ははるかに乏しく、人生経験も浅いのだが、ものの本質を見抜く洞察力と感性においては、いささかも劣るものではなかった。それは『神の平和』全篇にみなぎっている。次に紹介するのは、一九三三(昭和八)年六月三十日の日録だが、前期の文化人にはない感性だろう。

大学新聞でロラン、バルビュスとともにジイドが反戦のためにやっていることを知り、かつジイドの反ヒトラーの理由がぼくの考えているような事だったのでうれしかった。まじめに考える者はそう道はちがわない、と思った。

ロラン、バルビュス、ジイドの言動こそ、西欧文化の伝統の底の深さである。おそらく光太郎、勝一郎、整たちはこの事実を知っていたと思うが、それを自分の生き方に重ねること、そこから学ぶことはしなかった。そうしたのは無名のイシガオサムであった。このことは、人間にとって大切なのは知識の量ではなく、教養の質、豊かな感性であることを、私どもに教えている。

心の動揺

これまでの引用文からも明らかなように、イシガは日本を、ニッポンと片仮名で書いている。国粋主義が濃厚であった当時、これは甚だ異例のことである。これだけでも、国粋主義者たちからは、「西洋かぶれ」と非難されたにちがいない。

イシガが日本を片仮名書きにしたのは、おそらく彼の世界市民意識からきているであろう。そのことは、彼がエスペランティストであったこととも、深くかかわっている。周知のようにエスペラントは、ポーランドの眼科医ザメンホフが創案した国際語で、それを学ぶということは、日本の枠組にとらわれない、国際感覚を持っていたことを意味する。「ぼくは別にニッポン語を話すつもりはない。ぼくのコトバはイシガ語であればそれで結構」(一九四〇年六月十七日)といっているところに、彼の国際感覚が躍如としている。

イシガがエスペラントを学びはじめるのは大学卒業直後で、同時にスウェーデン語にも手を伸ばしている。これがスウェーデンのノーベル賞作家ラーゲルレーヴ女史の『エルサレム』(岩波文庫)翻訳につながってゆく。

この時期はまた、国際組織「戦争抗止者インターナショナル」(W・R・I)やクエーカー主義組織とも接触し、W・R・Iの機関誌を通して、世界各国に、良心的兵役拒否者がいることを知り、勇気づけられる。エスペラントは国際語であるゆえに、国家や民族の垣根を取り払う感性を養うので、戦争抑止力ともなりえる。イシガの反戦思想はこのほか、トルストイ、ロマン・ロラン、ガンディ、内村鑑三、矢内原忠雄などの影響によって、不動のものとなってゆく。彼がW・R・Iに加入するのは一九三四(昭和九)年二月頃である。

今とちがい、軍国主義と戦争熱が世を風靡していた時代では、それは相当な覚悟がなければできないことだった。軍国主義や戦争に反対することは、権力(天皇制)や国策に従わない、それに背くことだから、国賊、非国民とみなされ、共産主義者並みに扱われた。世界市民(コスモポリタン)というだけで白眼視された時代、反戦国際組織に加入することは、容易ならざる決意を必要とした。

事実、戦争が拡大するにつれ、反戦国際組織だけではなく、エスペランティストもまた、官憲の監視の対象となり、山形県では斎藤秀一をはじめとするエスペランティストが逮捕されている。反戦・反軍の嫌疑である。イシガもそれに関連し一九三九(昭和十四)年四月二十四日、特高警察による取調べを病床で受けている。国家権力は、日米戦争を予想し、いっさいの反国家的、反戦的分子、その疑いのある組織や人物たちを予防拘束と称し、一網打尽にするつもりだったのだ。疑心暗鬼におちいった官憲は、疑わしいとにらんだ人間たちを、容赦なく捕えた。すでにその前からイシガは要注意人物とされ、特高刑事の「定期訪問」を受ける身になっていた。W・R・Iに加入していることで、検挙される予感があり、一九四一(昭和十六)年十月末には、エスペラントの手紙と共産主義文献、W・R・I関係資料を屋根裏に、村山知義や立野信之の本などは縁の下の押入れに隠す。日記の置き場所を思案するのは、永井荷風と同様。荷風ははじめ下駄箱に隠すが、留守中、警官に踏み込まれることを考え、外出時は手さげ袋に入れて歩く。寸分の油断もできない時代だったのである。

このような時代、危険な組織に身を置く人間は、傍目には高潔の士、清廉な人間と映るが、イシガは自分を誇らないばかりか、むしろ卑俗さを鞭打っている。一九三五(昭和十)年には、良心、信仰、知識、才能、誠実、勇気、思慮など、いずれも無きに等しい、と自嘲しているが、この内省自体が、私には良心や誠実さの現われと思える。また知識や思慮にしても、決して卑下するほど衰退してはいないばかりか、健在だ。

このことは対米英戦がはじまったあとも変りない。対米英戦争直前の十一月十三日には、「人を殺さねば生きてゆかれないような国家はほろびるとよろしいのだ。ニッポンのえらいかたによれば、チヨウセンはほろびてからかえってよくなったそうだ。ニッポンもそうならぬとは限らない」と、国家指導者の言質を逆手にとって皮肉っています。それにしても、総務長官を棒にふった、ある政治家の発言も、朝鮮支配を正当化したものであることを考えると、昔も今も、国家指導者の朝鮮観は少しも変っていないな、と私は慨嘆します。

イシガは対米英戦争の開戦の翌日、次のように書いています。

きのうでも、シナ事変の始めほどの関心はなく、ニュースもべつに聞きのがすまいというほどの熱心はなかった。きょうになると、いっそう無関心になる。／シナ〔事変〕の時ほどむこうが勝てばいいという気もしない。（むこうをそう弱者と思わないからだろう）こちらが勝てばいいとはもとより思わない。だからこう無関心でいられるのかも知れない。

イシガのこの冷静さ、「無関心」は特筆に値する。というのは、太平洋戦争緒戦の大勝利には、歌人、詩人、作家の別なく狂喜したから——。おそらくイシガは、彼我の国力から推して、勝てる戦争ではない、と予測したのだろう。米英の勝利を信じていれば、ことさら、米英に勝って欲しい、とは思わないはずだ。中国に勝利して欲しい、と願ったのは、イシガもいうように、中国が米英ほど強国ではなかったからで、ここに彼の正義感が生きている。

イシガは一九四二（昭和一七）年二月十五日には、「戦争によって喜ばずまた悲しまず、要するに戦争にたよることなく、動かされることなくいようという決心なので、つとめて新聞を手にとらなかった」と書いて、いかにも戦争から超然とした立場をとっているようにみられるが、そうではなく、緒戦が日本軍の連戦連勝、破竹の勢いであったためで、心の動揺をこうした心理操作で鎮めていたのであろう。イシガの普遍的価値観は日本にはなく、米英のそれに近かったので、緒戦の米英の敗北には、心が傷んだはずである。彼がこの戦争を、大筋では、民主主義対ファシズムの抗争と位置づけていたことは、開戦から十日ほどして書いた、次の日記からも容易に推測できます。

このごろではずいぶん落ちついている。しだいにまたイギリス派になった。比較していえば、「極東」をやめて東アジアを世界の中心だととなえるような政府よりは、イギリスまたはアメリカの政府のほうが戦後の社会にとって幸いなような気がする。

イシガの世界認識は、社会科学を学んだはずの左翼転向者などより、はるかに正確だ。戦後世界はどうあるべきか、にも思いを至し、その予見は的中している。イシガは特に社会科学に造詣が深かったわけではないが、物を計る尺度を、正義や倫理、基本的人権や市民社会の原理においていたので、正しい判断がくだせたのだろう。左翼転向者には残念ながら、それが欠けていた。彼らは日本国や日本民族という枠組でしか、戦争をとらえることができなかった。ともすれば国家や民族に心が傾斜する戦争中こそ、国家や民族を超え、それを普遍的原理からとらえ直すことが必要なのです。人びとを心理操作によって束ねてゆく国家に対抗する道は、公認の思想を疑うことです。行動で示しえなくても、心のなかで異議申立てをすることは自由です。イシガは特高刑事の監視下でも、内心の自由を行使しています。

きのう靖国神社のうたをききながら、国家主義者のことを思い、東亜共栄圏のことを思って、憤りにみたされた。……かれらは国家をダシにして、自分の欲望のために他人のいのちをイケニエに要求しているのだ！　われらのただ一度のいのちを！　いっさいの国家主義者とは断じて妥協することはできない、ミセス羽仁であろうと、高村光太郎であろうと！　（一九四二年四月二十七日）

ミセス羽仁とは羽仁もと子のことで、イシガははじめ、彼女を敬虔なクリスチャンとして尊敬していたが、戦争とともに国策に追従し、海軍省に一万円を寄付する。それを知り、イシガは彼女への尊敬の念を失う。高村光太郎は、一九四一年十二月の開戦以来、最も「格調」高い戦争美化詩を書き綴っていた。

「ニッポンがほろびていけないように、イギリスやソヴィエトがほろびてもいけない」わたしはふつうのニッポンのニッポン人とちがって、ニッポンだけにえこひいきはできない（一九四二年八月四日）。天皇は自己のことばを絶対に正しいとするか？　もしそうなら、はなはだしいゴウマンと言わなくてはならない。勅命に反対する権利というものを人民は持たなくてはならない（同八月十六日）。いまの人たちの奉公（公に奉ずること）は美徳ではなくて、強制（法律の）への服従だと思う。しかしそれにしても恐ろしい世であることにはかわりない。（同八月十七日）

八月四日のものは世界市民の健在を示しており、「勅命に反対する権利」の主張は、あの時代、よくこれだけのことを書けたと、私はただただ驚嘆した。八月十七日のものは、戦時中、国家指導者や教育者などが力説した「滅私奉公」の欺瞞性を暴いて見事だ。

あの頃の「滅私奉公」は、個人の基本的人権を認めないところに成立した国家への無条件の忠誠で、個人の自立性が否定されるのだから、奴隷の道徳以外のなにものでもない。今でも保守的言論人から、戦後の日本人は奉公の観念を忘れた、という声が聞かれるが、彼らの想定する「公」とは、国家とほぼ同義であり、戦争中の奴隷の道徳と、本筋において変わりはない。戦争中と同質の滅私奉公は消滅したほうがいいのだ。

それに、戦後の日本人が、「公」の観念を失った、というのも事実に反する。ただ戦争中のような滅私奉公がないだけで、環境保護、原子力発電反対、護憲平和、有機農業支援などの市民運動にかなりの人が参加しており、身体障害者介助や被災者支援のボランティアを自主的に行っていることは、阪神大震災や東日本大震災の例がよく示している。

以上のように、イシガの知性は健在であり、思慮も十分にはたらいているが、また、天皇制批判をする勇気は読者の目を見張らさせる。本人は行動がともなわないことに、あるうしろめたさを感じてはいるのだが——。一九四一(昭和十六)年二月二十一日の日記には、「『新女苑』に、町出きみよというフクオカの人が、宣教師の引きあげにかんして、かれらのために弁護しているのを読んで、じぶんの冷淡さが顧みられた。なぜこの冷淡さがあったか?」と自問し、次の三点を挙げている。

1　ニッポン人に対する愛の不足

2　臆病

3　無教会の中にある一種のアンチ宣教師ズム

また一九四二(昭和十七)年の日記には、「尾崎秀実たちの検挙のことを読み、その固い信念に感心した。やっぱりコミュニストはえらい。一本負けたと思う。自分がおおげさにさわいでいたのが((兵役)拒否について)おとなげないと感じる。いっぽうかれらのことを知って力強さも感じた。(その信念にはげまされたのではない。仲間がふえたというような低い心からだが)」と、反省している。

しかし、前にも述べたように、こうした日記を書くだけでも勇気のいることで、決してイシガは「臆病」ではなかった。あの時代、自分の信念に従って反戦運動をすることは超人的な英雄にのみ可能なことだった。それに、孤立した個人の、実践運動にどれほどの意味があっただろうか。行動が伴わなくても、自分の良心に従い、変節さえしなければ、立派な生き方だった。尾崎秀実のように、ソ連を防衛することが、世界の労働者階級にとって必要だと考え、諜報活動するのは、誰にもできることではない。尾崎の「固い信念に感心し」、「一本負けたと思う」ことだけでも、すばらしいことだ。なぜなら、当時、多くの人びとは、尾崎を買国奴、非国民ときめつけていたのだから。伊藤整のような知識人でさえ、そう信じていた。

にもかかわらず、イシガが自分を責めたのは、戦争の拡がり、悪化とともに、徴用、または徴兵が、避けて通れない状況になっていたからである。徴用は直接戦闘に参加することではないが、兵器や軍需物資を作ることで、間接とはいえ、「汝殺すなかれ」に背き、戦争にかかわる。その度合いにおいて、徴兵はさらに深刻だ。その時、自分は自分の良心にあくまでも忠実でありうるか、自分の信念を貫き通すことができるか、それが自分につきつけたイシガの問いであり、不安と苦悩でもあった。決意と、それを打ち消す弱さが、心を動揺させる。

戦争のあいだ犯罪の処罰がずいぶんひどくなるらしい。W・R・Iの立場でも死刑くらいにはなるかも知れない。シケイタガネイ！　(一九四一年十二月十三日)。

アポロギア〔兵役拒否の釈明〕を書くべき時が近づきつつあるか？　／なんじ殺すなかれ。〔出エ

ジプト二〇・一三)(一九四二年二月二十三日)

またも不安になる。死刑を思っては顔をそむけたくなり、戦争の苦しみを察して心重く、家宅捜査の結果物を失うことを惜しむ。まったくエホバの道を行くことはあまり気持のいいものじゃない。(同二月二十五日)

朝、インド洋の大戦果というやつに刺激されて、徴用が来たらどうしようか、ことわるべきだがなどと思い、またいろいろ考えて不安になった。とうさん(とおばあさん)がいなければ進んで牢屋にはいるのだが、と思う。『同仁』(転向者の雑誌)など見ると、また戦争の記事などを見ると、やってやれという気が強くなる。また『嘉信』(矢内原忠雄主宰信仰誌)や内村全集を見ると決心が強くされる。ただ父のこと、まただいじな本を失うことがみれんになる。(同四月十日)。

戦争に負けることよりもさらに恐ろしいのは、良心の命ずるところを公然と破ることだ。自分の良心の命ずるところに忠実に従おうとすることより以上に国のためにつくし得る道を知らない。(同五月八日)

かりに平和主義のせいで牢屋にはいったとする。そのときにも、いつか出て来て、この人は平和主義のために牢屋にはいったのですよ、などと人に言われるときのことを思って得意になっている。こんな軽薄な態度(同胞への愛の不足を示している)で行動することはなんにもならない。もっと愛の深められた立場でなければ、と思う。(同十月十八日)

この心の動揺、振幅は人間として当然だ。特に肉親への思慮が決心や行動を鈍らせ、抑制することは人情として自然である。このため、非合法時代の共産主義者で、自分の決心や行動の抑制力となる肉親との関係を、あえて断絶した人もいる。またこの人間の心理心情を巧みに利用して官憲は、「親が心配しているぞ、親不孝はよせ」と、左翼運動者に転向を迫ったものだ。イシガが良心に恥じない生き方を志しながら、心の動揺を隠せなかった第一の原因として挙げたのが、肉親愛であることから推しても、それが人間にとって強固で、基本的な紐帯であることを示している。

徴兵

徴兵についていえば、イシガは結核の既往症で、徴兵検査は丙種だが、一九四二年より兵籍に編入されていたから、召集の確立は五分五分だった。戦傷戦死者が続出するにしたがって、虚弱者まで駆り出されましたから、いつかは自分にも召集令状は来る、と覚悟はしていたにちがいない。もし召集されたら、逃げも隠れもせず、兵役拒否の信念を述べるつもりではいました。一九四三(昭和十八)年春には、おそらくそれを想定した自問自答をしています。

戦争をしないのか?
——病気や災害あいての戦争はするが、人間あいての戦争はしない。
国を愛さないのか?
——ほかの国をほろぼすほどには愛さない。
国がほろびてもいいのか?

——戦争をやめれば国は決してほろびない。すべての国民が国をほろぼすまいと思っていれば、国は決してほろびない。よその国をほろぼしたりしなければ、国は決してほろびない。

戦争に負けてもいいのか？

——戦争というものは勝ったほうがいいものかどうか知らない。戦争から快感を感ずるのは、Aが勝ったからでなくて、Bが勝ちそこなったからである場合が多い。

その結果、「刑罰としての労役」を課せられたとしても甘受しよう、と覚悟する。ところが、召集の前に、兵籍に編入された者に課せられる義務に、一年一回の簡閲点呼があった。簡閲点呼とは、兵籍にある者（在郷軍人）が、軍務に耐えうるかどうかの点検査閲で、予備役、後備役の下士官、兵が対象になる。イシガは予備役の兵だから当然、その対象となる。

が、一九四二（昭和十七）年度の点呼は、医師の診断書によって、イシガは免除された。これは彼にとって幸運だった。というのは、「親不孝」をしないですんだから——。点呼拒否は厳しく処罰される。イシガ自身はそれを甘受できても、肉親は世間から指弾される。村八分同然の扱いをされるかも知れない。病気不参加となれば、これはやむをえないことで、肉親に厄災は及ばない。

ただ、持病はほとんど治った状態で、来年もこの方法が通用する保証はなく、そのことがイシガの悩みの種となっていた。点呼は実際の軍務とはちがうから、そう罪障感にとらわれることなく、軽い気持ちで参加できたと思うが、純粋主義者で、神の教えに忠実なイシガには、自己欺瞞は耐えられなかったのだろう。あとで矢内原忠雄は、点呼を受けるべきだった、とイシガにいっていますが、私もそのほうがよかったと思う。そのほうがかえって、このあとの不可解な行動が避けられたはずですから。ここに純粋主義者の陥ちいりがちな欠点がある。結果は、点呼を受けた以上の屈辱、心の傷を負うことになるからである。

一九四三(昭和十八)年の点呼は八月で、一回目を不参加で通したイシガは、二回目の点呼までの間、いかにそれに対処するかに悩み抜いた。憔悴するほどの葛藤であったと思う。前述の自問自答の論理に忠実に従えばなんの問題もないわけだが、そこは生身の人間。「兵役に服するよりは懲役に服したい。/戦場で死ぬよりは刑場で死にたい」(一九四三年六月七日)と割切っても、拷問や死の恐怖もあり、肉親への配慮もあって、心は千々に乱れたにちがいない。

で、イシガは結局、四三年点呼の直前、郷里に岡山憲兵分隊に出向き、点呼に参加できない旨、告げる。いわゆる自首で、W・R・Iの趣意書を同封し、憲兵隊に出頭することは事前に通知しておいた。直ちに拘留されたことはいうまでもない。ことの重大さに驚いた憲兵分隊は、東京の憲兵隊本部に連絡し、東京よりT少佐が取調べのため出張してくる。

ところが、点呼について苦しみ抜いた果てに、不参加を決意したはずのイシガが、留置中、あっさり翻意してしまう。本人にはそれなりの葛藤があったと思うが、公表文からはそれはうかがえず、唐突感を抱かざるをえない。拷問があったとも記録されておらず、これでは、なんのためにあれほど苦悩したのか皆目わからない。T少佐との問答は次の通り。

——どうだ、戦争に行くのか。

——参ります。

——平和主義者が戦争に行くのか。

——いまは平和主義者ではありません。

——平和主義者でない？　戦争は罪悪だと言っていたじゃないか。

——考えがたりませんでした。いまでは戦争は罪悪だとは思っていません。

——ほう、こりゃ百八十度の転向だな。罪悪でなけりゃなんだね？

——平和そのものが善でないと同じく、戦争そのものも罪悪ではありません。人間の罪の結果が戦争として現われるのであって、戦争もまた神の摂理であると思います。

本心なのか偽装なのか、発表文からはうかがいえない。拘留されて以来、考え方に混乱がみられ、論理は首尾一貫せず、読者を納得させせない。根気とねばり強さが失われ、どこかなげやりな感じを否めない。

それは前記引用文に続いて、「罪悪だといったところで、罪悪ではないといったところで、話の通じないことには変わりはないのだ。わたしは人間的な親しみを感じさせないこの少佐とムダな会話をかわそうとは思わなかった」と書いていることからもそれがうかがえる。前記問答を「ムダな会話」としている点、偽装転向ともとれるが、一九四三年十二月十七日の、「きのうミセス小沼の『祖国ニッポンのために死んでください』という手紙を見、またじぶんの戦争をアガナイとする観念を考えあわせてみると、今度の戦争で死ぬのがほんとうかもしれないと思うようになった。しかし、生きてもっと勉強したいのも事実だ。ただ神さまにおまかせしよう。そして日々をいそしもう」と書いているところをみると、偽装ではなさそうだ。

イシガ自身、自分の内心を整理できなかった、つまり、混沌の状態であった、と思う。この間の心理的経緯が深く追求されず、記述が省略されているのが『神の平和』の欠点です。鋭い洞察力によって日本国やナチズムを批判したイシガが、ここに至って自己を見失ったことは残念というほかはない。非凡な人間であっただけに惜しまれる。

こういうことになるなら、自首することなく、点呼は点呼として参加していれば、T少佐などに転向告白しなくてすんだのではないか、と考えるのは私の繰り言だろうか。抵抗に柔軟性を欠いたことは、イシガが孤立していたためだろう。それゆえ、かえって純粋主義に足をすくわれてしまったのだ。

転向を通してイシガがつかんだものは、人間の限界と、神の摂理の連関ということだ。神なしで生きられると思うのは、人間の傲慢であり、「そこに人をして真に人の限界を知らしめ、神の前に絶対的に謙虚ならしめんとする摂理がかくされているのではあるまいか。」「この生きるしかばね(注・イシガ自身のこと)自分の意志にしたがって生きず、いっそこの意志なき道具として生きても、それは許されることかもしれない」(一九四四年十一月二十八日)という人間観を、彼は転向、敗北の経験から学んだ。

これは貴重なことだと思う。転向によって、あるいは転向前、あれだけ苦しめば、もう「生きるしかばね」、「意志なき道具」とまで、自分を責めるには及ばないだろう。それは許されていいことであり、したがって、十分に救われていると思う。遠藤周作も『沈黙』のなかで、転びバテレンについて、同様の解釈をしていたように記憶する。

ただ私は、こうした状況における人間の弱さや限界を、人間のなかに「深く根強くおいしげる」傲慢をたしなめる、神の摂理との連関でとらえることにはくみしない。これは大衆からの孤立という運動論、組織論として深めてゆく問題ではないか。イシガの流儀では、国家権力や戦争への抵抗が、神と人間の次元に収斂され、有効な抵抗の方法論を編み出せないからだ。それは転向の問題を、単なる倫理論に終らせないためにも、必要なことだ。

略伝風に記述しますと、一九四三年十月十七日、イシガは岡山から東京に押送され、麹町憲兵分隊留置場に留置され、十二月三日、区裁判所で罰金五十円の判決を受け、釈放される。一九四四(昭和十九)年四月から博多の筑陽女子商業学校に勤務。一九四五(昭和二十)年六月、かねてから希望していたハンセン病患者の療養所敬愛園(鹿児島)に転じるも、七月二十二日召集、衛生兵となり、九月一日復員。戦後、約十年間、ハンセン病療養所で奉仕活動を続ける。この奉仕活動は、イシガのキリスト者としての社会実践であり、神の教えに忠実な生き方として、「殺すなかれ」の言動と対をなすものであろう。女医神谷美恵子が、ハンセン病療養所を職場に選んだのも、やはりイシガと同じ志であったからと思う。

＊付記(1)

『神の平和』の解説で藤巻孝之は、イシガの憲兵隊への自首の先例として、矢部喜好を挙げている。

矢部は福島県会津若松近郊の牧師で、明治三十八年旧正月、補充兵として仙台の連隊に入隊命令を受け、入営前夜、連隊長を訪ね、所信を述べた。田村貞一著『矢部喜好伝』(一九三七年)によると、経緯は次の通り。

自分は国民として決して徴兵を忌避する者ではない。然し自分は神の僕として絶対に神の律法を厳守するものであるから、如何に敵兵と雖もこれを殺すことは出来ない」/といふのであったらしい。そしてまた/「銃を持って戦場に出づるよりも、寧ろ軍紀のためならばこの場で死を賜らんことを望む」/ともいったらしい。これが大きな問題を惹起するに至ったことはいふまでもない。その間いろいろの曲折もあったが、結局、事件は一先づ若松区裁判所に移されることになり、二月十三日公判の結果、徴兵忌避として軽禁錮二ヶ月の判決を受け若松監獄に投ぜられ、同五月一日、刑期満ちて出獄した。その後再び召集せられ看護卒補充兵として暫く在営したが、間もなく平和克服と共に除隊せられた。

在営時、看護兵であったこともイシガと同様で、由縁を感じざるをえない。矢部の場合、看護兵になったことは連隊のはからいで、日露戦争後であったことが幸いしていたと思われる。矢部は一九〇六(明治三十九)年六月渡米、働きながら勉学、シカゴ大学神学科卒業。一九一五(大正四)年二月帰国、後は琵琶湖畔で伝道一途の暮らしをする。「満州事変」「上海事変」については、ただ神に祈るだけで、ことさら反戦運動はしなかった。戦争を肯定、支持しなかっただけでも、矢部喜好は立派なキリスト者だった、と私は思う。一九二一（大正十）八月二十六日死去。墓碑銘「己が十字架を負ひて我に従へ」（杉山元治郎筝）。ちなみに杉山は、賀川豊彦とともに、日本農民伝道団を起した（一九二七年一月）時の同志である。

＊付記（2）
イシガオサムを考える場合、おなじキリスト者の渡部良三歌集『小さな抵抗——殺戮を拒んだ日本兵』（岩波現代文庫）が参考になる。

第十章　今も続く日本の鎖国性——鶴見俊輔『戦時期日本の精神史』

転向への関心

戦後の鶴見俊輔の研究と執筆の大きな動機となり、主題となったものの一つが「転向」である。父・祐輔は初め「自由主義者」と目されていたが、「満州事変」の頃から段々と国策に同調するようになった。満州事変を日本の中国侵略と感じていた俊輔少年は、父の変節に不信の念を抱くようになる。中学半ばで日本を追われるように渡米、一九四二年、五年振りで帰国した鶴見に最も衝撃を与えたのは、日本人の画一主義と、それとかかわる知識人の転向であった。かつて自由主義者、社会主義者といわれていた人たちが当時、国家主義や軍国主義になびき、戦争支持の言説を声高にしていた。この変貌を目のあたりにして、思想とは何か、なぜ人は一八〇度の意識転換ができるのか、の問いが鶴見をとらえて離さなかった。

戦後、「転向」が研究主題の中心を占めたのは、そのような戦時体験に基く。もっともマルクス主義者の転向は満州事変前後から社会現象となっていたが、その頃の鶴見少年には、まだそれを問題にする意識はなかったろう。戦後いちはやく、思想を科学する目的で、思想の科学研究会を組織したのも、動機は「転向」研究と同じである。思想の科学研究会が標榜した記号論や論理実証主義は戦争中の日本にはびこり、転向者にも浸透した神がかりな思想の対極にあるものであり、また同会の大衆文化や大衆思想を重視する方法は、転向マルクス主義者の公式主義とも対立するものであった。その研究成果は、思想の科学研究会の共同研究『転向』三部作として実を結んだ。

鶴見俊輔の『戦時期日本の精神史』はカナダのモントリオール、マッギル大学での講義録である。序章ともいえる「一九三一年から四五年にかけての日本への接近」についで、「転向について」を置いているところは、転向が戦時期日本の精神史のカギ言葉の位置を占めるからにちがいない。本書巻末の「ふりかえって」で著者は、「日本の戦時精神史に近づくときの私のやり方は、転向に注意してこれを見ることです。これは転向論的方法ということもできるでしょう。(中略)それは、私が自分の位置を知るうえで自分にとっては役に立った考え方で、私を取り巻いている知的環境に診断を試みる際に役立った方法です。それは、戦時の日本を記述し評価する際にも役に立ちましたし、また明治以後の日本を記述し評価するのにも役に立ちました。それはまた日本の外の国のさまざまな文化思潮の進行中の出来事を理解する場合にも、私にとって、しるべとなりました」という言葉からもうかがうことができる。

私どもは普段の暮らしのなかで、しばしば見方や考え方を変える。人物、風景、習慣、文化全般と、対象は広範囲に及ぶ。事柄の真実や本質は、試行錯誤を通して得られる。が、見方、考え方を変え、深めることをいちいち転向と呼ばないのが普通である。転向とは、精神機軸、行動原理が正反対のものに転換した場合を指すからにほかならない。日本で転向という言葉が一般的に用いられるようになったのは、マルクス主義者が国家主義や天皇制支持という正反対の思想に意識転換した時からで、そうした歴史的含意において「転向」が位置づけられた。この一八〇度の意識転換が国家権力の強制によって行われた、というのが著者・鶴見俊輔の転向規定である。この場合も、反省によってか、良心に反してかのちがいはある。

マルクス主義者の転向のなかでも、最も組織的で大量であったのは一九三三年の転向で、その引き金になったのが同年六月の佐野学・鍋山貞親の転向声明であった。この二人の共産党指導者は獄中から、コミンテルン(国際共産党)に盲従した誤りを反省し、皇室を認めた上で一国社会主義(国家社会主義と同質)を提唱、反戦反軍国主義を退け、日本の中国政策を支持した。その彼らが、党組織を離脱することなく、党の綱領と政策そのものを転換させたことに著者は注目した。

「それは東大新人会の隠れた論理をよく表わしており、最もむずかしい入学試験を乗り越えたばかりで人民の指導者になるように民主的、かつ公平な方法で選ばれたと感ずる一八歳の少年の心性の枠組みにぴたりと合っています。そのような方法で一度、指導者に選ばれたものは、彼の心の底においてどのようにその政治上の意見が変ろうとも、指導者であり続けるという信念をもっています。その追随者のなかから現れた反乱もまた、結果としては彼らの指導者の暗黙の前提を受け入れたことを示しています。」

東大新人会は一九一八年一二月、東京帝国大学法学部の学生によって創立され、やがて帝大予備軍としての高校に広まり、年とともに左に翼を伸ばしてゆく。創立者赤松克麿は日本共産党に入党、有力な会員も入党するかその同調者として政治運動に参加した。しかし、佐野・鍋山の転向声明の出た頃には、その多くは転向し、国家に同調、下っては大政翼賛会などの要職につき、国民を指導した。著者が彼らの指導者意識を指摘したのはこのためで、この考えは竹内好と共通する。

東大新人会に代表される選良学生と官学出身者の指導者意識は、彼らが将来、支配層の位置を約束されている、という身分上の特権に由来し、この身分上の特権を保証したのが「明治的支配構造」といわれる階層秩序であった。階層秩序の頂点にあるのが天皇であり、人間の値打ちは、天皇との近接度によって決った、と丸山眞男はいう。価値判断の基準が個人の良心ではなく、序列の高低によって決るところでは、近代的人間意識も、立憲制民主主義も成熟発展することはあり得ない。選良たちは人民に責任を負うのではなく、天皇への忠誠を第一義とするから、転向者といえども、本来の在るべき場所に還ってきた、という安堵感があったと思う。視点が階層的秩序を超えないことは、著者が本書でしばしば問題にする日本人の「鎖国性」あるいはムラ共同体性と深くかかわっているはずである。

もちろん、階層秩序や鎖国性を超えられなかったのは大衆も同様で、彼らは日本の国策を正しいと信じた。それゆえ日清・日露からアジア・太平洋に至る戦争を支持したのである。それは反戦反軍国主義の思想を抱くマルクス主義者を認めないことに連動した。この大衆からの孤立感が、権力の強制(拷問を含む)と並んで転向の二大要因となった。司法省保護局の「思想犯保護対象者に関する諸調査」に基づく転向の動機の比率が本書に紹介されているが、それによると信仰上一・二一%、理論的矛盾の発見一一・六八%、拘禁による後悔一四・四一%、家庭関係二六・九二%、国民的自覚三一・九〇%となる。

これだけでは、「良心に反しての」転向の比率は判らない。「良心に反して」転向した人は、自分の弱さや怯懦に長く苦しんだに違いない。「理論的矛盾の発見」や「国民的自覚」からの転向者は悔悛の情が強く、自嘲や自己批判の意識は薄かったはずである。自嘲や自己批判は、「良心を裏切った」ことにではなく、マルクス主義を信じたことに向けられたにちがいない。この人たちの場合、その後の間違った国策や戦争を支持した責任は問われる。そうした意味では、転向の倫理的・政治的評価は避けられない。もちろん、それだからといって、非転向者の現実認識が常に正しかったとはいえない。かといって、一八年間、現実から遮断され、牢獄に閉じこめられていた非転向者の現実認識の不備を、あしざまに批判することも公正ではないだろう。

ただ戦後、非転向者に領導された日本共産党が、転向者を裏切り者、非転向者を英雄として図式化したことには、私は同意できない。事柄は図式化するには複雑過ぎたはずで、著者の次の問題提起はそこから生まれた。

「もし私たちが一九三一年から四五年に日本に起った転向現象全体に『裏切り』というこの呼び名をつけ悪としてかたづけてしまうならば、私たちは誤謬のなかにある真理を掬い出すという機会を失うことになります。私が転向研究に価値があると考えるのは、まちがいのなかに含まれている真実のほうが、真実のなかに含まれている真実よりわれわれにとって大切だと考えるからなのです。……」

日本共産党には「誤謬のなかにある真理を掬い出す」努力が欠けていたか、あるいは足りなかった、と私は思う。それが十分になされていれば、非転向者の英雄化、武力闘争方針、さまざまな党内抗争も避けられたはずである。その点は転向者も同様で、復党組は復党したことで自足し過去の誤謬を深く問わなかったたし、反対側に行ったままの人は、誤謬を誤謬として認めなかった。著者の次の言葉はその辺の事実を衝いている。

「長い人生を生きて転向を通り抜けないものがあるだろうか？　この人々を転向へと導いた条件は何だろうか？　彼らの転向を彼らはどのように正当化しただろうか？　戦争を通り抜けたあとで、転向を振り返ったときに彼らはどのように考えただろうか？」

国体の認識

明治以前の日本の知識人の多くは中国文化に劣等感を抱いていた。古代国家の律令制度、漢字漢文、儒教などいずれも中国産であり、仏教も中国経由で渡来した。明治以降、この構図は西洋対日本に変った。文明開化を押しつけたのは西洋で、近代化は西洋化と同一異語であった。それだけに知識人の西洋への劣等感は強烈であった。漱石や荷風も例外ではなく、高村光太郎や伊藤整が対米英戦争を支持した一因には、軍事的勝利によって西洋への劣等感が解消できる、という自己救済意識があったと思う。鎖国の時代が長く、ほとんど西洋文化から遠ざけられていた人間が、西洋文化に驚嘆し、その劣等感が心的外傷となり、救済の処方箋を求めていた心理は、後進国知識人に共通していた。

半面、視点が島国を超えられなかった日本人は、同一言語、類似の生活習慣のため、強い同族意識を持つことになった。そしてこの同族意識は、同族以外の「他者」を排除する偏狭と表裏一体であった。歴史学者網野善彦は、日本人の島国根性観を否定し、島国であったゆえに、進取の気性に富み、限られた交易を通して異文化を摂取しようとしたと、異説を立てた。もちろんそうした一面はあるが、鎖国が封建制と結びつくことで、いわゆる「島国根性」を培養したことに疑問の余地はない。

著者は、その典型として、小泉信三の『海軍主計大尉小泉信吉』を挙げる。この本は、アジア太平洋戦争で亡くなった息子信吉を回顧する小泉信三の戦時記録である。このなかには山本五十六海軍大将を初め、戦争で亡くなった多くの海軍士官の名前が出てくる。

「彼の想像力は日本人という境界を越えることがその私用の日記においてすらありません。これは小泉がその若い日に英国と米国とで勉強した国際的な視野をもつ経済学者として知られているという事実とくらべ合わせると、注目すべきことです。(中略)小泉信三は戦後のすべてのオピニオン・リーダーをしのぐ大きな影響を日本人に対して与えました。彼は日本の皇室を欧米の舞台に結びつけました。しかし戦争という危機のなかに投げ込まれると、戦前と戦後とに国際的視野をもっていた日本人もまた、日本の外に暮らしている人間の姿を見失いました。」

「戦争という危機のなかに投げ込まれると」で思い出したが、戦時中、第一高等学校の学生だった橋川文三は、日本人という「特殊性」に固執し、それを否定し、人間という普遍的立場を判断基準にする白井健三郎と口論したという(中村稔『私の昭和史』青土社)。橋川はそのことで国策を肯定し、白井はそれを否定したのだろう。

これは認識の問題だが、著者がふれた小泉信三の想像力の貧困は、彼の認識と不可分である。当時の小泉が本土決戦論者だったことは、堀田善衞が父からの伝聞として証言している。小泉の想像力の貧困は、国策支持の認識と表裏一体で、これは小泉純一郎や安部晋三にもあてはまる。彼らは自身の靖国神社参拝が、アジア諸国民の逆鱗にふれる、感情を傷つけるという想像力がない。彼らは口では過去の日本の誤りを認めても、それは一片の外交辞礼に過ぎず、本心ではあの戦争を侵略とは認めない歴史認識を持っているのだと思う。暴言、虚言、妄言を繰り返してアジア諸国民の怒りを買っている「大日本帝国型」政治家、過去の日本の罪業や暗部を努めて隠そうとして教科書検定を操る文科省もまた同様である。「鎖国性が日本文化の主要な傾向であるあいだは、それによっては日本は今日日本の持っている問題と効果的に取り組むことは出来ないでしょう」という著者の洞察は、近隣諸国との関係がうまくいかない現代日本にこそ当てはまる諫言だろう。

その鎖国性の思想象徴が「明治的支配」の中核を成した「国体」概念である。本書で「鎖国」の次に「国体について」が置かれるのも当然といえよう。

「鎖国性という文化上の特徴は、国体という、一九三一年から四五年の日本の政治史のなかで大いに用いられた概念よりももっと根源的なもので、この国体という概念は鎖国性という文化上の延長線上において理解することができます。この国体という概念は、いまの長い戦争時代において日本人の政治上の位置を攻撃したり、あるいは防御したりする上での強力な言語上の道具として用いられました。」

日本国は天から降りてきた神によって造られ、その神の一系の子孫（天皇）が代々治めてきた、という『古事記』神話に基づく神国日本、現人神（あらひとがみ）天皇説が「国体」概念である。歴史と神話を混同した荒唐無稽の創作に過ぎないが、これが「明治的支配」下においては猛威をふるった。治安維持法の眼目は、国体の否定者を厳罰に処すことであったし「日本人の政治上の位置を攻撃したり、あるいは防御したりする上での強力な言語上の道具として用いられ」たばかりでなく、拘禁、拷問、法的制裁にまでその範囲は及んだ。天皇制を否定した日本共産党がその最大の受難者であり、皇室崇拝者でも、合理的・実証的学説が国体概念と合致しない場合は、公職を追われたり、研究書の発禁の憂き目に遭った。国体に背く者は国賊であり非国民と罵られる始末で、大日本帝国は単一価値しか認めない狂信的一神教団といっても過言ではなかった。戦後、国体概念を天皇教と称ぶ人が少なくなかったのはそのためである。

国体が「日本の政治史のなかで大いに用いられた概念よりももっと根源的なのもの」といわれるのは、戦争中に横行した「八紘一宇」という標語が示すように、日本国を世界に冠たる宗主国とし、また日本民族を優生人種として位置づけた夜郎自大、独善偏狭、世界知らずの鎖国性が露出していたからにほかならない。

天皇教が一神教としての性格を持つ以上、天皇は無謬の存在として崇められねばならない。神は絶対に誤らないからである。が、天皇もまた人間で、食欲もあれば性欲もある。こうした人間がなぜ絶対不可侵の神なのか、という素朴な疑問は、大衆のかなりの層にあった。戦争が激しくなり、戦傷者が続出、衣食住にこと欠く状況に追い込まれた大衆が、天皇を誹謗、揶揄する落書きが公衆便所や駅の待合室に書かれるようになり、官憲は犯人探しに躍起となった。

このことは国体が擬制、つまり虚構に基づく概念であることの象徴といえよう。それゆえ、その概念は空疎であり、容易に紋切り型となった。「一度これらのカギ言葉を自由に使えるコツを覚えますと、あまり考えることなくいくらでも話したり書いたりすることができるようになります。というのは、これらのカギ言葉の使い方には一定の組合わせと変形の規則があって、その規則に従えば組合わさって出てくる文章はどれも同じ意味のものとなり、経験と結びつけて確かめていく作業を必要としないからです」というのも、批判的理性をはたらかせたり、「経験と結びつけて確かめていく作業」をしていたら、国体の実体が崩壊してしまうからにほかならない。つまり国体を許容するためには思考と判断を停止させなければならないことになる。その上に成立したのが神国日本や八紘一宇の概念であった。

思考と判断の停止は、「条件反射の蓄積」(習慣)だけに頼ることを意味するから、指導者にとってはいつの時代でも、国民支配のためには、その状態を求めるようになる。権力者の本能といっていい。今の日本の支配層や御用学者たちが、「皇室と国民が一体となって歩んできたのが日本の伝統」とか、「日本は天皇を中心とした神の国」とかいった虚言を撒いているのは、「家族国家」観同様、情報操作として俗耳に入りやすいからである。ということは、大衆自身が深く物事を考えず、カギ言葉の「条件反射の蓄積」をしているので、訓練の労をわずらわすことがなく、習慣に安住していることを意味している。ほとんどの政治家の政談や選挙演説はカギ言葉の「一定の組合わせと変形の規則」に従ったもので、受け手の反応を十分に計算に入れている。こうして支配層と非支配層の間には、紋切り概念という暗黙の了解が成り立つ。

したがって、ここには、国民という概念が近代の所産であること、明治以前の国民に日本国民という自覚の生じようがなかったこと、皇室は建国以来、国民と共に歩いてきた、といった天皇神話が架空物語に過ぎないことなどの言説は異端として排除される。カギ言葉は同時に「お守り札」であって呪文の効果がある。護身に役立つが半面、相手を窮地に追いつめる凶器ともなる。

カギ言葉、お守り札は国体だけのものではなく、国家創案のあらゆる標語の属性となった。「日本の生命線」「東洋平和」「暴支膺懲（ようちょう）」「大東亜共栄圏」「鬼畜米英」などみなそうで、戦争中の指導者で、これらの言葉を使わなかった人はいないだろう。「暴支」と手前勝手に決めつけ、「チャンコロ」と侮ったから、中国に負けたことを今でも認めない人が多い。大日本帝国時代の大国意識をいまだに持ち続けているからである。さすがに戦後は、「鬼畜米英」観の間違いには気付いたが、彼らに負けたのは物質力のためで、精神の劣性のためではない、と強弁する頑迷派には、まだ「鬼畜米英」のイメージが残っているのかもしれない。戦後の諸悪の根源をすべて憲法や教育基本法のせいにし、憲法と教育基本法の改定を叫び、教育勅語の復活を唱和する手合いは、まだ鎖国状態から抜け出せない人たちなのである。

その意味では、「日本が敗北して同じ天皇が自分は人間であると宣言するようになると、国体観念もまたもうヒトカケラのフケのように落ちてしまいます。そのあとには肉体が残りました。ここに敗戦直後に流行しその後今日まで形を変えて生き残っている『肉体主義』と呼ばれる思想の根があります」というのは、事態を甘く見過ぎている。確かに「肉体主義」の思想の根はそこにあるが、「天皇の不謬性を中心とする国体観念」は、「ヒトカケラのフケのように頭から落ち」なかった。フケのこびりつけている人は少なくない。それは天皇を国民統合の象徴として遺したこと、旧体制下の民政党と政友会の残党が日本政治を支配していること、戦犯の政治家を戦後、首相や有力閣僚にした日本国民の「大日本帝国型」精神類型からも明白だろう。

もっとも、その点への危惧は著者の次の言葉からもうかがえる。

「鎖国性は日本人の大方が農民であった徳川時代にくらべて、今日では全人口の十分の一しか農民がいないわけですから、今日の日本人にとって支持しにくい考え方です。しかし日本が海に囲まれ、陸上の国境をまったくもたず、同じ言葉を話し、狭い島々のなかに密集した人口をもって生きているかぎり、鎖国性は簡単に拭い去られるということはないでしょう。ですから国体観念がどういう形で残っているかという質問は、これからも繰り返し問われなければならないでしょう。」

「米国には負けたけれど中国には負けなかった」という負け惜しみは、必ずしも「鎖国性」のためばかりではなく、著者のいうように、日本人が「米国から貸与された眼鏡を通して過去」と現在および未来を見ているからでもある。日本人が過去、最も惨虐に振舞い蛮行を加えた中国を承認することがおくれたのも、米国の数々の国際法違反(当然イラク戦争を含む)に抗議もできず、逆に支持する破廉恥を重ねているのも「米国政府から貸与された眼鏡を通して」見る米国従属意識が骨の髄にまで達しているからにほかならない。これが戦後日本政府の道理喪失の主因となった。もちろん、そうした日本の政策を是認している国民もその責任を負わねばならない。

私どもが戦後、もし戦争の意味を深く考え、みずからの戦争責任を厳しく問いつめていたら、鎖国性の中核を突き崩すことになったはずである。世界を普遍的な眼で見ることができず、偏狭な国体観念と傲慢な大国意識に陶酔していたから、世界を相手に戦争を始めることにもなったのである。そして、戦争の終結がおくれたのも、世界に通用しない鎖国的な国体観念にこだわったからである。朝鮮や台湾を解放せず、にもかかわらずあの戦争をアジア解放戦と豪語したのだから、日本人の無知と鈍感と退廃は重篤の段階にあった、といわねばならない。それは竹内好のような、魯迅に深い理解を示したすぐれた中国文学者さえもが、対米英戦争をアジア解放戦と錯誤したことに徴しても明らかである。

著者が危惧するのは、現在の日本のアジアへの経済進出が、かつての大アジア主義のような「日本中心の一方的な性格」に陥ることである。中国、韓国、アセアン諸国のめざましい経済発展が、「日本中心の一方的な性格」を抑える力となっているが、日本企業や日本人に、安い労働力としてアジア人を蔑視する意識が強いかぎり、また前述の間違った歴史認識を抱くかぎり、日本がアジア諸国民から尊敬と信頼を得ることはむずかしいだろう。

もちろん、アジア諸国民に与えた戦争中の日本の悪業を心から反省する(した)日本人は少なくない。著者はそうした罪障感と他者感覚に富んだ作家の一人として、大岡昇平を挙げている。そして大岡の『レイテ戦記』を例示する。

「大岡は、ここで、日本軍が水牛を殺すことによってフィリピン人の生産手段をどのように破壊したかを描きました。殺された水牛は、その持主にとって、持主それぞれの地位に応じてちがう意味を持っていた、と忘れずにつけ加えています。持主が小作人である場合、小作人は地主に対して、収穫の六〇%を支払わなければなりませんでした。ですから彼が水牛を失うとすれば、彼にとっては、もはやそれまでのように生きていくことは不可能となるのです。そこで彼は山に入ってゲリラ部隊に参加することを余儀なくされたでしょう。」

ここには前述の小泉信三にない他者感覚、被害者への謝罪意識と想像力がある。大岡はフィリピンでの戦闘の最大被害者は日本軍でも米軍でもなく、フィリピン人民であった、とも書いている。例の国体に関連していえば大岡はこの作品のなかで、天皇を戴く国を怨む、といって死んだ京都の鮨職人の言葉を紹介している。将軍や参謀たちの回顧談には見られない召集兵の言葉に注目したのも、大岡の豊かな人間性、鋭い感性と知性に因る。大岡は芸術院会員の推薦辞退の理由を、「捕虜であったから」としているが、真意は国家への抵抗だと思う。

徹底した反戦を貫いた者を支えたのは……

確固たる「精神的機軸」がないため右往左往し、変り身の早いのを日本人の習性、と見たのは丸山眞男であった。もっとも、少数ではあったが権力の強圧や拷問、世間の冷ややかな眼にもひるまず、自分の抱く思想や信仰を忠実に守り通した少数者はいた。古くは徳川幕府に抗したキリスト者が有名だが、阿伊染徳美が発掘した「かくし念仏＝かくれ念仏」者も、山中に潜伏し黒仏信仰を守り抜いた。「この黒仏の信仰のもとは、一二〇〇年ほど前に政府公認の仏教の宗派から迫害されて潜伏状態に入った流派から起こったもので、山の中の共同体の中に逃げ込んだ坊さんを助けてここに信仰の共同体ができまして、この信仰を通して（中略）この和賀の信者たちは何度もの飢饉を通り抜け、また戦争をも通り抜けていきます。この間に彼らはお役人に対して自分たちの信仰を打ちあけないという姿勢を、ずっと保ってきました。徳川時代においても、明治以後の新政府に対しても、そうだったようです」（鶴見本）という抵抗者もあった。

非転向共産主義者については、現実を総体においてとらえることに失敗したという意味で、転向組と同じ、という吉本隆明の批判については著者は、「ただしここでは非転向という状態が不動の状態ではないという事実が、見落とされているように思います。生身の人間の行動は、ある行動をしないで、それを抑制するという状態をも含めて、それはいつも揺れ動いている過程にあります。人間はどういう状態においても、人は自分自身を何かの根本的な価値基準によって支える必要があり、その根本的な価値基準は、言葉の本来の意味において、宗教と呼ぶことができます」と注釈していることを付言しておく。

このくだりで私が心をひかれたのは、非転向の西沢隆二(詩人・ぬやまひろし)が釈放から三〇年後、「戦争が終わったときに私たちは疲れきっていて考える力というものをほとんど完全になくしていました。そのときに占領軍の士官がきて私たちを釈放するということを伝えました。徳田球一は私たちの中でただ一人元気で私にこの占領軍の申し出を受け入れるべきかどうかということを尋ねました。そのときに私はもう考える力がなかったので彼が正しいと思うようにするようにと答えました。ですからいま私がこんなことをいうのは当時の自分の先見の明を誇っていうのではないのだが、私はあのときにこう答えるべきだったといまは思うのです。日本人がやがて私たちを自由にするまで私たちは獄中にとどまっているべきだというべきだったなと思います」と述懐したことである。日本人の自主性に期待したというより、殉教の純粋主義を大事にしようとした心のあらわれで、まさに「宗教」そのものである。私はむしろこの精神主義より、状況を活用する理性の狡知を縦横に駆使できなかったところに、運動の総崩れの一因があったのではないか、と考える。

歴史的な転向概念がマルクス主義者を対象としていたので、非転向というとほとんど常にマルクス主義者に収斂されてきたが、著者はそれに止まらず、「非転向の形」の章で明石順三に多くの紙幅を割く。明石順三と灯台社については他の研究者による評伝が書かれていて、今ではかなり知られているが、反戦平和主義を貫いた稀有のキリスト者である。キリスト者といってもカトリックやプロテスタントではなく、キリスト再臨思想を教理とする新派で、日本の既成キリスト教徒が戦争支持に回ったなかで非転向を通した。彼の仲間村本一生や順三の三男もそうであった。順三の長男真人も徴兵され初めは与えられた銃を上官に返し、反戦の意志をあらわすが、最後は転向する。息子の転向を聞いたあと、順三は「現在、私のあとについてきているものは四人しか残っていません。私とともに五人です。一億対五人のたたかいです。一億が勝つか五人がいう神の言葉が勝つか、それは近い将来に立証されることでありましょう。それを私は確信します。この平安が私どもにある以上何も申し上げることはありません」と法定で証言した。この証言にはゆるぎない信仰心、反戦平和の意志が込められている。

私が興味深く思ったのは、獄中で順三は仏教や神道の経典を読み、「宗教上の真理が聖書の中だけにあるのではない、ということに気づ」いたという点である。が、彼はそのことを口外しなかった。「もしも彼自身が神道や仏教について感想を述べたとしたら、それを当時の政府がどのように利用するかということについて、明石は十分の想像力をもっており、その故に、彼がすでに獄中で到達した宗教観がねじ曲げられて社会に伝えられる可能性を排除しました。ここには実際政治の裏表をよく知っている練達した政治家の判断が、示されています」と、著者は評価する。

「宗教上の真理が聖書の中だけにあるのではない」というのは多元主義で、悪くすると折衷主義、混交主義になり、思想の純粋性が失われるが、明石の場合そうはならず、一神教的独善と純粋主義からの自由と寛容をもたらした。その「宗教上の真理」は「空に帰すというところにあり」、法華経にも旧約聖書にもある思想だ、というのが彼の結論である。

法華経の信者宮沢賢治には、そういう宗教上の多元主義はなかった。それは賢治が、当代法華経のなかでもっとも国粋主義的な国柱会に属していたことにかかわり、また彼が明石のような反戦平和、反国家主義に徹し得なかったことも深くかかわるだろう。

このほかの抵抗者では「仏教美学に基づく工人の尊重という考えを押し進め、戦争の集団熱狂から自分たちを守り抜」いた民芸運動の柳宗悦、日蓮宗の仏教運動を展開した牧口常三郎と戸田城聖、大本教の出口王仁三郎、「ひとのみち」の御木徳近、天理本道の大西愛治郎、内村鑑三門下の南原繁、矢内原忠雄らが挙げられていて、著者の多元主義が生かされている。

「文明のハシゴ」を抜けきれなかった日本人

天皇を頂点とする階層秩序を構築した明治政府は、近隣諸国に対しても序列秩序を押しつけた。著者はそれを「文明のハシゴ」と呼ぶ。「この時代には文明のハシゴという考え方が、日本国中の政治に興味をもつ人たちの想像力の中で、一つの実体観念として働き続けていました。右翼と左翼とを問わず、政治活動に入っている人たちは、朝鮮政府に対してこの文明のハシゴを一段登るように強制するためには、暴力を使ってもいいのだ、と信じていました」と著者はいう。

「文明のハシゴを一段登るように強制」というと聞こえはいいが、要するに西欧列強の植民地政策の踏襲で、根底にアジア近隣諸国を蔑視する優越意識と大国意識、帝国主義の膨張政策である。開明派の福沢諭吉にさえそれは強かった。朝鮮併合、関東大震災時の朝鮮人虐殺、日中戦争、大戦中の中・

朝人民の強制連行、南京虐殺などはその帰結である。そのことに無反省、無感動だから、今も在日朝鮮人に対し、日本に不服があるならさっさと祖国に帰れ、という暴言を吐き、強制連行といっても、当時の朝鮮は日本の支配下にあり、日本人とみなされていたのだから強制連行には当らないという強弁、破廉恥が横行するのである。このことの正しい理解のためには、著者の次の指摘を是非参考にされたい。

「日本が一個の帝国主義国家としてさかんになって、日清戦争の結果、台湾を取り、日露戦争の結果として樺太をとり、また満州や中国東北部の鉄道の使用権を獲得し、さらにまたその後朝鮮を併合したという過程の中で、だんだんに、朝鮮人を軽んじるという日本人の傾向は、強まっていきました。日韓併合ののちに、日本の商人は、大挙朝鮮にわたって、脅迫から高利貸しや、ある場合には詐欺までにわたるさまざまな方法を用いて、土地を自分のものにしました。多くの朝鮮人は、土地を失ってから、とくに第一次世界大戦以後の日本の急速な工業発達によって働く機会ができたので、それを求めて日本に渡ってきました。一九二一年から三一年までの一〇年間に、やく四〇万人の朝鮮人が、日本に移住しました。」

第二次世界大戦中の強制連行は、不足した労働力を補うためで、なかには兵士や性的奴隷として駆り出された人も少なくない。要するに、朝鮮での生活手段と生活基盤を奪っておきながら、土地も職場もない祖国に帰れとは、あまりにも無礼であり破廉恥だろう。

「日本の中の朝鮮」が確実に存在しながら、日本人作家の多くは、この問題を取り上げることはほとんどなかった。それればかりか田山花袋が関東大震災の時、「朝鮮人が近所の井戸に毒を入れているという噂を信じて、朝鮮人を追いかけ殴りつけたといって、彼の体力を自慢してい」た事例を著者は挙げる。そうした文学状況のなかで中野重治の詩「雨の降る品川駅」は、母国に帰国する朝鮮人同志への、連帯の言葉を叙した名作である。

著者は戦後の作家のなかで松本清張、司馬遼太郎、開高健、井上靖、小田実、小松左京、井上光晴などの作品に、新しい朝鮮認識が生まれていることに注目する。そして「日本の小説の歴史でこの価値意識の転換をよく表している作品」として、田中英光の『酔いどれ船』を高く評価する。田中は戦争中、会社員として朝鮮で暮らしていた。「日本政府は大東亜文学者会議のために朝鮮人作家を組織する役に、彼を起用」した。この時の生活を描いたのが『酔いどれ船』である。

主人公は与えられた潤沢な資金で、かつての左翼運動の仲間をさそって京城(現在のソウル)の街を呑み歩く。ともに転向者だが、まだ反逆心は残っている、という虚勢から、友人は「京城でいちばん人通りの多い広場のまん中の噴水台に登って」大便をしたあと、ペチャペチャ尻を叩きながら「おい日本人がここにいるぞ。日本王、わが尻を喰らえ」と叫ぶ。が主人公は若い頃の気力もなく、今は中年男として、植民地で自堕落な暮らしを重ね、今また国策に盲従して朝鮮人作家を大東亜文学者会議に参加させようと駆け回っているのだ。転向者の成れの果てともいえる。

が、それを描く田中英光の反逆心は健在である。それを表したのが尻叩きの場面。「彼らが子どものころ教わった教科書には、昔日本の勇敢な兵士が朝鮮人と戦って捕えられて捕虜になったとき、朝鮮人の言うままに日本の軍事行動の秘密を教えることをせずに、朝鮮王、実は新羅王なんですが、尻を喰えと叫んで処刑された」故事を逆手にとって、権力に一矢報いているからにほかならない。「ここではかつて日本人が左翼右翼にもかかわらず、信仰していた文明のハシゴという考え方が、朝鮮と日本の関係をとらえる上でまったく締め出されて、放り出されてしまっているのです。朝鮮と日本とを見る従来の枠組みが、ここで壊されました。」

その「枠組」とは、朝鮮の文明化のためには暴力行為も正当化し、文明のハシゴの最下段が朝鮮人という差別構造を指す。田中のように古い枠組を壊し、「新しい枠組みによって見ることを通して、日本人は、日本人自身よりもはるかに重い荷を背負って生きている朝鮮人に敬意をもって対することを学びうるところまできました。先進国と後進国とのあいだにこれまで設けられていた区分は、ここで打ち捨てられました。それが、十五年戦争が日本の何人かの作家に与えた影響でした。／田中英光の場合、転向という不名誉な体験を自分に対して仮借なくしっかりと握りしめたことが、彼に同じような転向を課せられた朝鮮人作家たちの悩みを理解する手がかりを彼に与えました。転向は、この場合二つの民族に属する作家たちを結びつけるひとつのきっかけとなりました。」

「不名誉な転向」を、不名誉なままに終わらせた人は多い。そのなかで、「不名誉な転向」を著者の評価するような手がかりにした人は甚だ少ない。そこに日本人の転向の不幸がある。マルクス主義から天皇制支持者に転向し、向うに行きっ放しという例がその典型である。戦後世代のなかにもそれに類する例は絶えない。私は少年時代の著者が、「文明のハシゴ」型朝鮮人観を持っていたか否かを知らない。しかし戦後の著者が「朝鮮人に敬意をもって対」した幾つかの事例は承知している。そういう著者であるからこそ、「日本の中の朝鮮」を主題にすることができたのだし、古くから朝鮮人と朝鮮文化に理解を示し、「敬意をもって対」したすぐれた人々を顕彰して倦まなかったのである。

朝鮮併合に反対した石川啄木、陶磁器を中心とする朝鮮の民芸品を愛好保存に努めた柳宗悦、柳に示唆を与えたバーナード・リーチなどがそれで、特に柳については評伝を一本にするほど、著者は尊敬していた。柳は、「保守的文筆家」で、朝鮮問題に政治的発言をすることはなかったが、「しかし日本の日韓併合から一〇年たっても二〇年たっても、彼はけっしてこの既成事実に屈することなく、日本と朝鮮とのことを『二つのくに』と書くことをやめませんでした。この一貫した態度は、彼がすでにふみ込んでいた集団転向の時代には、きわめてまれでした」という評価に、著者の人物評価の基準を私は見る。それはある人物の評価を、思想や政治観の進歩性や保守性を物指にするのではなく、創造性や行動の一貫性を通して判断するということである。著者のこの寛容と多元主義は、時として「面白主義」と批判されるような弊害を伴ったが、おおよそは正鵠を得ていた。柳の場合がその典型で「一九三〇年代に起こった極端な国家主義の風潮は、純粋な混じり気なしの日本民族というものがあってその先祖は天から下ったものであり、そしてその純粋な民族が優れた芸術作品をつくって今日まで残したのであると唱えていました。柳の批評活動は、日本文化についてのそのような極端な国家主義に対する、はっきりとした異議申し立てでした。」

戦後の朝鮮人を苦しめ、対立させている祖国分断の原因となったのが日本の植民地支配であり、そこに日本の行政府が置かれ、日本軍が駐留していたから、戦後、北にソ連が、南に米軍が進入し、南北対立が冷戦となり、北の南への侵攻で朝鮮戦争が勃発、南北人民は計り知れない辛酸をなめた。分断国家の政情と人心の不安定のために、帰国できない在日朝鮮人も多かった。その原因が日本の朝鮮支配にあることを考えれば、在日朝鮮人に対する日本人の無礼は許されない。

在日朝鮮人の日本語による小説が、日本文学の主流であった私小説や風俗小説、昨今の閉塞心境小説に比べ、歴史的、社会的主題によって時代状況に肉迫し、矛盾や不合理の中核をえぐりだそうとしているのは、「日本に住む日本人がこの土地の社会生活の細かい部分に興味を拡散していくのに対して、在日朝鮮人は日本社会の中で除け者にされ圧迫されている故に日本社会の総体を見据えることができるというその視点に由来すると私には思えます」というが、そのとおりだろう。

金達寿(キムダルス)もそうした作家の一人であった。著者は彼の『朴達の裁判』の主人公が、専制政府を批判して逮捕され、すぐに詫びて釈放されても、同じようなことを繰り返す抵抗の仕方に注目する。「金達寿の見方からすれば、硬直した日本知識人の転向観は、明治以前のサムライ文化の不幸な遺産であって、明治以後の文化は、それ以前のサムライの徳目を日本国民全体に広げることによって、日本の人民から弾力性のある活力を奪ってきたというのです」というのが、この小説から著者が学んだ最も重要な主題である。この小説の主人公や金達寿のような「弾力性のある活力」を私どもが取り戻さなければ、また「サムライの徳目」の過ちを繰り返すことは必定といえよう。

ソ連批判と無政府主義、虚無主義

一九五六年二月のソ連共産党第二〇回党大会におけるフルシチョフのスターリン批判は内外に大きな衝撃を与えた。まさに世界を震撼させたといっていい。スターリンが半神化された無謬の「偉大な指導者」とされてきただけに、彼の犯した罪状暴露に、スターリンとソ連を崇拝していた人々の驚愕はわけても大きかった。その含む意味については丸山眞男が「『スターリン批判』における政治の論理」で委曲をつくしているので参照されたい。それはスターリン個人の素質にもよるが、本質的には政治そのものの論理である。

日本の知識人や労働者の一部が、ロシア革命に感動し、革命達成後は、ソ連社会を理想に近い、人類の在るべき姿と見たのは、まさにそれが世界最初のプロレタリア革命であったからにほかならない。支持者はその名目に幻惑され、ソ連の政治と社会の実態を冷静客観的に見ようとしなかった。もし実証主義的に徹していたら、一党独裁の専制政治のため基本的人権は保障されず、衣食住の貧しさを含め人民の呻吟は深かったことを理解できたはずである。もちろん生活水準の低さは農業国から一挙に社会主義体制に転換して日も浅く、加えて資本主義諸国の干渉戦やナチスや日本の脅威に対抗するため、軍事予算を増額した分、教育、福祉、消費部門への支出が極度に削られたという余儀なくされた事情があった。が、懐疑と批判力があれば、官僚統制の厳しさと画一主義、スターリンの粛正の峻烈苛酷さの片鱗ぐらいは見抜けたと思う。しかし、心酔者・傾倒者は先入観念に禍いされ、世界に流布される反ソ反共言論を、資本主義国の悪宣伝として退けた。政敵を抹消するためのスターリンの粛清でも、ソ連当局の発表を妄信し、被粛清者を反党分子、敵側のスパイと信じ、疑うことをしなかった。宮本百合子を初め、ソ連に滞在した人たちも、ソ連の暗黒面や矛盾にはあまりふれなかった。そのなかでは、比較して福祉には力が注がれてはいるが、政治的自由のない画一社会としてソ連を批判したアンドレ・ジイドの『ソビエト旅行記』がひときわ光彩を放っていた。

ソ連内外の無政府主義者が、ソ連批判において容赦なかったのは、ソ連の中央集権主義が本来、国家権力を否認する無政府主義の思想の対極にあったからである。日本でも例外ではなく、無政府主義者はソ連の強権政治を糾弾し、農民の反抗を弾圧したソ連政府批判の詩も書かれた。権力の可否をめぐる無政府主義者対共産主義のいわゆるアナ・ボル論争も有名で、両者間の抗争も絶えなかった。犬猿の仲といっていい。

『線時期日本の精神史』の「非スターリン化をめざして」の章で著者・鶴見が重視する埴谷雄高(はにやゆたか)も非合法時代の共産党員、獄中で転向した。が、転向後の埴谷の考え、行動は他の転向者と違っていた。転向者の転向後の思想や行動は一様ではない。沈黙を通した人もいれば、佐野学のように天皇制と戦争容認に回った人も多く、新人会系の転向者が体制側指導者になった例も少なくない。埴谷が異色なのは、そうした型のいずれにも属さず、「あいつは敵だ。／敵を倒せ」が政治活動の真髄だ、とする徹底した政治権力、政治活動の否認を思想の核としたことだろう。それを虚無主義と呼ぶ。無政府主義にも通底する思想といえよう。

転向者の虚無主義というと、一時期の亀井勝一郎を私は思い浮かべる。背教者の生きる道は別の思想を見い出すか、平凡な日常生活に身を沈めるかの何れかだが、自分はシェストフにならってユダになること、ユダに詩人を見ることだ、と亀井はいった(『人間教育』)。しかし、その亀井もシェストフ流の虚無主義、「不安の哲学」に耐えられず、大和の古寺巡礼を通じて、仏に祈ることで再生し、やがて近代の超克を唱え、侵略戦争を美化するに至った。まことに丸山眞男がいったように、日本人は西欧流の苛烈なニヒリズムには耐えられないのである。

国策に協力した転向者は、権力や政治を否認することはなかった。それゆえ大政翼賛会や戦争に協力したし、国家社会主義を信奉したのである。彼らにとってそれが共産主義に代る別の「理想」にほかならなかった。権力や政治を根源のところで否認した埴谷は、本質的には無政府主義者であったのだろう。無政府主義にとって現実の政治形態は過程に過ぎず、無限の彼方にある理想を求める点で、形而上学的永久革命といえる。埴谷が戦後、共産主義に期待と希望を捨てない花田清輝と論争したのも、永久革命者であったからで、それだけに絶望と悲哀も強かった。著者は虚無主義に徹した埴谷の思想を踏まえ、在るべき共産主義の姿は次のようなものだろうと提言する。

「このような眺望を心中にもって共産主義社会実現のために働く人がいるとすれば、その人はやがてきたるべき共産党の死を心中におきつつ共産党のために働くことでしょう。その人物が共産党の指導者であるとすれば、その人はやがてきたるべき、またこなければならない指導の終末と指導者としてのみずからの死のために努力するでしょう。そのような展望をもってはじめて、その人は、共産党の活動のうちに、すべての権力は腐敗し絶対的権力は絶対的に腐敗する、というアクトンの格言の弾力性を生かすことになるでしょう。」

埴谷が虚無主義に到達した一因に、著者は共産党のリンチ事件を挙げている。それが埴谷に大きな衝撃を与えたことは、『死霊』の主人公をその現場に居合わせた一人として描いていることからも推察できよう。「彼の考え方はマルクス主義だけでなく仏教とジャイナ教の影響を受けています」ともいう。仏教は現世や物質を無や空としてとらえるし、ジャイナ教は苦業と禁欲による解脱を目的とする点、埴谷の思想に通底する。しかし現実の仏教団や僧侶が現世権力の正当性を認め、戦争に協力したことを考えると、少なくともあの時の仏教団と埴谷の考え方には大きな違いがある。無の哲学で有名な西田幾多郎が、天皇を無の存在として、「全体的一と個物的多の絶対矛盾的自己同一」として正当化したことと比べても、埴谷の虚無主義の反権力性は透徹したものであった。その到達点は、相互扶助を基調とするクロポトキンの無政府主義の楽天性とも位相を異にしていた。埴谷の「非合理ゆえにわれ信ず」や「不同調」の思想から私はそう判断する。

著者は、高杉一郎、長谷川四郎、石原吉郎らソ連抑留者の記録を、「埴谷雄高による形而上学的小説と相通ずるところをもっています。それは死者の霊によって取り巻かれているものとして社会主義国家、官僚制度を描くという遠近法のとり方によってです」と書き、ソ連の暗部を見据えたすぐれた人々の作品を讃えた。

国家を超える視点

旧日本軍が恥としたのが「退却」と「捕虜」である。戦闘はほとんど常に勝利と敗北の繰り返しで、常勝も常敗も例外といえよう。その原因はさまざまで、勝者が常に判断力と戦闘能力において卓越していたとはいえない。同様に常に敗者がその逆であったとも断言できない。判断力や戦闘能力が劣っていても勝つ場合もあり、その逆であっても負ける場合もある。したがって、原因や状況を分析せず、敗北をもって直ちに恥とすることはできない。いかに優秀な軍隊でも、状況によっては敗北する例は、古今東西、戦史の常識である。敗北が直ちに恥とならないゆえんである。

捕虜もまた同様。負傷や意識不明の状態で捕虜になった者、あるいは敵に全面包囲され、戦う手段を失って捕虜となった集団や個人を、誰も責めることはできない。敵前逃亡は最も重い罪とされたが、それにしても、戦争の目的を疑い、戦闘を続けることの空しさを知った兵士が敵前逃亡することは恥とはいえまい。現に日本軍のなかにも、これ以上部下を犬死させることは無意味だと悟った隊長が、部下を引率して捕虜になった例もある。

先進国の軍隊が、退却や捕虜を恥としないのは、合理主義と人権思想のためだろう。退却は無意味な戦闘の継続を避け、戦闘力を別の戦場で生かす合理主義で、無意味な死を避ける人権思想とともに、近代軍隊の不可欠の条件である。捕虜もまた不可抗力の場合、戦場の常識とされるのは、合理主義と人権思想に基づく。二つに共通するのは、徒に死ぬことは名誉でも誇りでもない、ということだろう。

しかるに、日本軍隊が退却や捕虜を恥としたのは、合理主義と人権思想が欠けていた、つまり真の近代型軍隊ではなかったからにほかならない。帰するところは日本の軍隊は天皇の軍隊で、天皇のためには身を鴻毛の軽きにおくことを軍隊の最高道徳としていたので、死の美化が第一義とされた。退却して戦闘力を保存することより、全員戦死を天皇への忠誠の証と見なした。死の自己目的化と美化という点では、武士の心得を記した山本常朝（じょうちょう）の『葉隠』の踏襲ともいえる。

もともと日本の政治家や軍人は、戦争の勝敗を合理的に予測し判断することを嫌った。明治の国家指導者には敵を知り己を知るリアリズムが機能していたが、昭和期になるとこのリアリズムが夜郎自大と精神主義に代った。東條英機は「清水の舞台から飛び降りる気持」で対米戦争を決断したという。死が自己目的となり美化されたので、退却や降伏を恥じ、必要のない戦闘を続け、各地で全員戦死（玉砕）の「美学」を完（まっと）うしたのである。それは軍隊のみにとどまらず、一般市民にも求められたことは、サイパン島や沖縄での集団自決が示す通りである。

その玉砕戦法と対をなすのが特攻隊で、これは死を前提とした戦術である。窮地に追い込まれた日本軍の捨て身の戦法といえば聞こえはいいが、要するに軍部の無謀で、人間を兵器以下と見なす思想の産物にほかならない。この際、特攻隊への参加が自発的か強制かを問うのは無意味である。なぜなら、自発的であったとしても、そうせざるを得ない心理・状況に兵士は既に追い詰められていたからである。

著者は「玉砕の思想」において、戦争の無計画性と、玉砕に至る経緯を詳細に述べ、「日本軍側は、島々が米軍によって取り返されていくのに対して全力を尽くして孤立部隊を助けようとはしませんでした。それゆえに、それぞれの島に、日本人は鎖国状態に置かれ、陸軍の戦陣訓の教えるように、生きて虜囚の辱めを受けず、という規律を守って、玉砕への道を選びました」という。

実は鎖国状態におかれたのは孤立した日本軍ばかりではなく、世界の実情を知ろうとせず、増上慢になっていた日本の指導者であり、彼らに操られていた日本人であった。日本支配層は著者のいうように、国策を遂行するために、日本を鎖国状態に閉じこめたのである。

玉砕が日本軍人と日本人の模範とされる以上それは本土決戦において、「自分たちが何をなすべきかを示すものとして受け止められました。というのは、当時の政府は、陛下の忠良なる臣民は国体を護持するためには玉砕も辞さない覚悟をもつべきであると述べていたからです」とも著者はいう。その前段として沖縄戦があった。沖縄戦は本土に進攻する米軍の損害を少しでも大きくし、上陸作戦をおくらせるための捨て石にほかならなかった。国民の防衛より、「国体護持」が目的とされた。国民が死滅して何の国体か、というのは不忠の極みで、その時でも形式と残る「哲学的含蓄」を持ったものとして国体はあった、というのが著者の見解である。それゆえ当時の国家指導者は、ポツダム宣言の受諾条件としての国体護持に固執、広島・長崎、ソ連参戦などの悲劇をもたらす結果となった。

こうして国民の生命財産も抽象的な国体の犠牲になった。このような体制と「勅語の哲学」を疑う人はごく少数に止まっていた。「少なくとも実際的には、社会科学やさまざまな宗派の宗教家たちを含めて、この考え方を批判する声をあげたものはありませんでした。一九四一年にこの道筋を決めるにあたって、当時の指導者たちは日本国民にこのような玉砕に向かって国民を率いていくのだ、ということを警告する政治責任があったのではないでしょうか」という著者の批判は当然といえよう。

しかるに、政治指導者や軍人たちがそうしなかったのは、国民にそこまで説明することは戦意をくじき、反戦感や厭戦感を募らせるという思惑と同時に、国民への説明責任の必要を認めなかったこと と、玉砕の美化に加え、玉砕にまで追い詰められることはあるまいという、合理性を欠く楽観論があったとみるほかはない。

死を崇高なものとして美化する殉国の美学に対し、著者は小田実の「難死の思想」を対置する。小田は少年の頃大阪に住んでいて大空襲に遭った。逃げ惑い、数々の地獄図絵を見てきた体験から、戦争死を崇高として美化せず、むしろ残酷で悲惨な死、「難死」と位置づけた。そして英雄として讃えられた特攻隊員の死も、また難死であったと、自分の体験に重ねたのである。

ここには戦死を美化する国家(その象徴が靖国神社)への対抗軸がある。国家が模範とする価値観の否定がある。戦死の崇高性や戦死者の英雄化が否定されれば、国家は国民に死を強制することがむずかしくなろう。それゆえ国家は、戦死者は神として靖国神社に祀られると宣伝し、戦死を名誉と讃えたのである。国家が模範とする価値観を否定することは、国家を超える視点を得た、ということでもある。たとえていえば、鎖国状態に置かれた国家から、みずからを解放したことであり、精神の開国を意味する。ベトナム戦争時の小田の「べ平連（ベトナムに平和を！　市民連合）」運動は、大阪空襲の体験を原点とし、「難死の思想」と深くかかわることを著者は指摘する。少年時、海軍に憧れ、志願して水兵になり、戦艦武蔵乗員として九死に一生を得た渡辺清の戦後の反戦・反天皇思想もまた、国家を超えた価値観であった。

著者が本書『戦時期日本の精神史』で訴えたことは、一言でいえば「国家を超える」視点の大切さである。鎖国、国体、転向などの主題は、帰するところそこに収斂される。いかなる凶悪な殺人犯も、国家指導者の犯罪に比べれば倫理的には上位にある、という意味のことを著者は書いたが、それを証明したのが戦争である。そしてまた、いかなる価値観も、国家の枠を超えないかぎり、国家悪に汚染されざるを得ないことを証明したのも戦争である。「戦争」を植民地支配、人種差別に置き換えてもいい。このことは「愛国心の涵養」がまがいものの思想であることを反証する。著者は本書で、社会主義も国家を超える視点を持たなければ、国家主義の亜種に過ぎない、といったのは彼が本質的には無政府主義者だからである。国家を超えられない思想は、国家に「軟禁状態におかれて」いることにほかならない。それは人間のあるべき自由な姿に反している。

◉あとがき

私の両親は息子三人を戦場に送った。二人は中国戦線で無事帰還したが、次兄は西部ニューギニアで餓死した。餓死の苦しさから連合軍の空襲があるとひとおもいに死にたいと、わざわざ目立つ所に立っていた、という。

両親は政府の仕掛けた戦争に反対することはなかったが、親戚や隣近所の人たちが、「おめでとうございます」と餞別を持ってくると、陰の部屋で、「『おめでとうございます』というより、ご苦労さんといってもらいたいものだ」と私にこぼしたことがある。

母は三番目の息子が結核で満州(現・中国東北部)の陸軍病院に入院した時は自分で看病に行きたいからといって私を手こずらせたことがある。

両親ともオカミのする戦争に意志表示することはなかった。普通の庶民は政府に従うことを生きる知恵というより経験則としていた。戦争が始まってしまえば、大方の庶民は反対できない。それをいいことに、為政者は戦争を起こした。庶民にも、それに和する土壌があった。

いずれにしても、戦争は生きた地獄を生む。その点では人間は最下等の生物といえよう。

これがゆるぎない私の結論である。

とにかく満身創痍のなかでまとめざるを得なかったゆえ、不備もあると思う。ご指摘いただければありがたい。

刊行にあたっては彩流社の皆様、特に編集担当の出口綾子さんには大変お世話になった。深く謝意を表します。

二〇一六年七月末日

著　者

◉初出一覧

第一章……『季論21』二〇一五年冬号
第二章……『季報　唯物論研究』(第一三〇号)二〇一五年二月
第三章……新藤謙『兵士の人間性――戦争文学から何を学ぶか』九条社ブックレットNo.3、二〇〇七年
第四章……『詩季』四一号、二〇〇〇年一月
第五章……『詩季』三八号、一九九八年七月
第六章……『季報『唯物論研究』(第一二三号)二〇一三年五月
第七章……『詩季』四〇号、一九九九年七月
第八章……新藤謙『兵士の人間性――戦争文学から何を学ぶか』九条社ブックレットNo.3、二〇〇七年
第九章……書き下ろし
第十章……『季報　唯物論研究』(第一二七号)二〇一四年五月

【著者】新藤 謙…しんどう・けん…
昭和２(1927)年、千葉県生まれ、福島県いわき市在住。文筆家。
高等小学校卒業(15歳)後すぐ働き始め、18歳で敗戦、5年の病床生活を経て最低学歴にて独学で表現活動にたずさわる。著書多数。
主著：『サザエさんとその時代』『美空ひばりとニッポン人』(ともに晩聲社)、『石牟礼道子の形成』(深夜叢書社)、『ぼくは悪人──少年鶴見俊輔』『木下順二の世界』(ともに東方出版)、『国家に抗した人びと』(子どもの未来社)、『保守の思想──昭和史・幻想と現実』(田畑書店)他。

フィギュール彩69

体感する戦争文学

二〇一六年九月一二日　初版第一刷

著者──新藤 謙
発行者──竹内淳夫
発行所──株式会社 彩流社
〒102-0071
東京都千代田区富士見2-2-2
電話：03-3234-5931
ファックス：03-3234-5932
E-mail：sairyusha@sairyusha.co.jp

印刷──明和印刷株式会社
製本──株式会社村上製本所
編集──出口綾子
装丁──仁川範子

本書は日本出版著作権協会(JPCA)が委託管理する著作物です。
複写(コピー)・複製、その他著作物の利用については、事前にJPCA(電話03-3812-9424、e-mail:info@jpca.jp.net)の許諾を得て下さい。なお、無断でのコピー・スキャン・デジタル化等の複製は著作権法上での例外を除き、著作権法違反となります。

©Ken Shindou, Printed in Japan, 2016
ISBN978-4-7791-7073-7 C0395
http://www.sairyusha.co.jp

フィギュール彩

〔既刊〕

⑳吉本隆明"心"から読み解く思想

宇田亮一◉著

定価(本体1700円+税)

『共同幻想論』『言語にとって美とはなにか』『心的現象論』の重要三部作の思想を、30の図解によって臨床心理士の著者が読み解く。戦後最大の思想家とされる難解な著作が、ビジュアルで理解できる画期的な試み。

㉘憲法を使え!——日本政治のオルタナティブ

田村理◉著

定価(本体1900円+税)

国家は、私たち一人ひとりの人権を守っているだろうか?　私たちは、何を根拠に国家や政治を信じているのだろうか?　国民自ら憲法を使って権力をコントロールする立憲主義の質を上げ、民主主義の主体として国民が積極的に憲法を受け止め運用していくための本。

㊺テレビと原発報道の60年

七沢潔◉著

定価(本体1900円+税)

視聴者から圧倒的な支持を得て国際的にも高い評価を得たNHK『ネットワークでつくる放射能汚染地図』。

国が隠そうとする情報をいかに発掘し、苦しめられている人々の声をいかに拾い、現実を伝えたか。報道現場の葛藤、メディアの役割と責任とは。